EBERHARD ESCHE

Der Kunst zu dienen

Briefe
an eine Theaterenthusiastin

Herausgegeben von Esther Esche

EULENPIEGEL VERLAG

Lieber Eberhard,

als vor einiger Zeit der Eulenspiegel Verlag an mich herantrat und mir vorschlug, eine Sammlung Deiner Geschichten zusammenzustellen, eingeleitet mit einem Vorwort von mir und angereichert mit Anekdoten aus meiner Erinnerung an Dich, lehnte ich erst einmal ab. Zum einen dachte ich, wozu noch mal Altes, Bewährtes neu auflegen, zum anderen sähe es dann so aus, als würde ich versuchen, mich posthum über Dich zu profilieren. Privates wollte ich nicht preisgeben, und Deine brillanten Geschichten mit eigenen zu ergänzen hielt ich für anmaßend. Dennoch machte ich mir Gedanken.

Nach Deinem Tode erhielt ich zahlreiche Briefe von Menschen, die Du ihr halbes Leben als Schauspieler begleitet hast und die auch Dir als Zuschauer ewig treu blieben. Mit vielen unterhieltest Du einen regen Briefwechsel, und mir wurde bewusst, dass Du, der sich immer mehr vom Theater zurückzog und sämtliche angebotenen Filmrollen ablehnte, dem Menschen an sich und seinem Stand in der Welt näher warst, als Dein Rückzug aus der Öffentlichkeit vermuten ließ. So fand ich im Nachlass auch die Briefe einer Dame, die Dich zwar erst spät als Zuschauerin entdeckte, aber in Deinem Sein völlig zu erfassen schien. Diese Briefe waren gescheit, witzig und herausfordernd, der Stil fast poetisch. Ihr letzter Brief an Dich war so berührend – sie wusste nicht, dass Du im Sterben lagst und auf ihre vorherigen Briefe nicht reagieren konntest –, dass ich das Bedürfnis hatte, Kontakt zu ihr aufzunehmen. Auch wir schrieben uns eine Zeitlang, telefonierten miteinander und trafen uns schließlich an Deinem Grab. Was für eine wunderbare, kluge Person.

Diesen Briefwechsel also schlug ich dem Verlag vor. Der Verleger entschied sich, nur Deine Briefe zu veröffentlichen, wohl wissend, dass sie Deiner Briefpartnerin durch das Aufgreifen ihrer Gedanken durchaus gerecht werden.

Erneut stand die Frage eines Vorworts im Raum, und wieder dachte ich: Nicht von mir! Was könnte ich dem Leben, das Du in Deinen Briefen schilderst, also dem Theater, dem Kompostieren oder der Politik voranstellen? Die Themen, die Du Deiner Briefpartnerin teils so heiter, teils so nachdenklich dargelegt hast, enthalten die Welt – Schauspielereitelkeiten, Maikäfer, Treuhand, Arbeitsteilung, Heine oder den Kommunismus. Gut und schön, nur kein Faden, an dem ich ziehen könnte.

Ich las Deine Briefe wieder und wieder, und endlich fand ich den Gedanken, den aufzugreifen mir wichtig ist für meinen Vorwortbrief an Dich. Du schreibst am 30. Juni 2003: »Und gäbe es nicht die Mehrheit des Publikums, welches noch immer das Gute sucht,

hätte die Kunst schon längst aufgehört zu existieren.«
Besser lässt sich Dein Anliegen als Schauspieler nicht beschreiben, nämlich die Ansprüche des Publikums zu bedienen. Kein Mitarbeiter des Theaters ist ihm so nah wie der Schauspieler, weder Intendant noch Dramaturg oder Regisseur. Nur der Schauspieler kann das Publikum auf die Spuren beispielsweise eines Heine locken und ihm den Sinn des Dichterwortes zu erschließen helfen. Weiter schreibst Du nach einer Vorstellung des Reineke Fuchs: »Das Publikum an diesem Abend war großartig. Es war sehr wach, und spätestens im Achten Gesang spielten wir zusammen. Wir gewannen für den Moment eines Theaterabends die gleiche Weltsicht.« Du schreibst: »Das sind die wenigen Momente, in denen ich mich im richtigen Beruf wähne: Du kannst die Gäste alle auf einmal umarmen.« Wie schön, wie berührend …
Und immer wieder Deine Verehrung für den Dichter. Wie sagtest Du einmal so treffend: »Man kann von der Zeit, in der man lebt, die Schnauze voll haben, aber nicht von einem Gedicht, das diese Zeit überlebt.«

Ich staune heute, dass Du, der sich geradezu wehrte gegen jegliche Fremdbestimmung, zugelassen hast, dass eine anonyme Zuschauerin eindringen durfte in Deine Welt: Den gnadenlosen Anspruch an Dich, an den Text, an Deine Art zu interpretieren. Eine Westberlinerin, beruflich theaterfern, die sich erst nach

der Wende in das Ostberliner Deutsche Theater begab, um auf Empfehlung von Freunden den *Reineke Fuchs* zu sehen. Ein Schlüsselerlebnis.
Ich staune weiter über Deine Geduld in Euren Zwiegesprächen. Das absolute Gegenteil habe ich in Erinnerung – Berlin, achtziger Jahre, gemeinsamer Spaziergang zur Weidendammer Brücke, Thema griechische Mythologie (Dein Steckenpferd). Und dann Dein Entsetzen: Ich kannte Hephaistos nicht. Mit meinen siebzehn Jahren sicher nichts Außergewöhnliches, doch Dein Anspruch war ein anderer. Geschichte war wichtig. Meine Fünf in Mathe war Dir piepegal, dafür warst Du stolz auf meine Eins im Turnen. Ja, so ist das mit den Ansprüchen – an sich, an andere und an anderes.

Dafür steht auch Dein geliebter Kraatzer Gartenpark. Anfang der Siebziger zog es Dich aufs Land, ins Brandenburgische. Du kauftest Dir eine alte Natursteinscheune und bautest sie zu einem stattlichen Wohnhaus aus, um es als Zweitwohnsitz zu nutzen. Ende der Neunziger kehrtest Du Berlin komplett den Rücken, zogst ganz aufs Land und gingst Deiner neuen Leidenschaft des Gärtnerns nach. Intensiv hast Du Dich mit Landschaftsarchitektur beschäftigt, hast Dir auf Deinem Anwesen ein kleines Paradies geschaffen – mit Skulpturen, Baumallee, Patio und einem feinen Teich samt zweier Bewohner, den Fröschen Bodo und Vanessa. Nie hätte ich vermutet, dass ein Mann, der in der Welt von Heine und Goethe lebte, zugleich so ein

kreativer Gärtner sein konnte. Doch eigentlich hätte ich es wissen müssen: Dein Sinn für das Schöne und Gute im Leben drückte sich auch in Deiner Achtung vor der Natur aus.
Am Ende der schönen Eibenallee hast Du auf einem schmalen Sockel die Namen Deiner Gefährten und Verbündeten im Dienste des Theaters und seines Publikums verewigt: Ernst Busch, Herwart Grosse, Dieter Franke. Über allen thront die Büste Deines hochverehrten Intendanten Wolfgang Langhoff. Stellvertretend für die Nachwelt flochtest Du diesen Mimen doch ihre Kränze.

Lieber Eberhard, ich danke Dir für eine entscheidende Lebenserkenntnis: Den tiefen Respekt vor dem Beruf und der Berufung des Schauspielers, vor dem Wort des Dichters und vor dem Publikum.

Deine Tochter Esther

Dem Wunsch der Briefschreiberin nach Anonymisierung nachkommend, hat der Verlag die Anrede »Liebe Dame« gewählt und überall dort eingesetzt, wo Eberhard Esche seine Briefpartnerin mit »Liebe Frau …« anredet.

Kraatz, 15. März 2003

Liebe Dame,

ich bedanke mich sehr für Ihren so lobenden Brief. Ich gestehe, ich lese Lob sehr gern. Fast lieber, als es zu hören. Denn beim Lesen kann man es immer wieder lesen, beim Hören eben nur das eine Mal hören. Außerdem weiß man das eine Mal nicht, wo man hingucken soll. Andererseits, wenn ich so Feines zu lesen bekomme, hätte ich schon den Wunsch, dass das, was ich höre, ich auch zu sehen bekomme. Allerdings ist dann die Frage offen, ob Sie mich dann gelobt hätten. Und außerdem haben Sie recht, ich weiß nicht, wie ich reagiert hätte. Nicht aus den Gründen der Schauspielereitelkeit entgegenkommend, sondern aus dem einen Grund, die Eitelkeit da einzusetzen, wo ich sie brauche. Und die brauche ich nicht *vor* der Bühne, ich brauche sie *auf* der Bühne. Jetzt wissen Sie, weshalb Schauspieler eitel sind. Ohne Eitelkeit traut sich keine Sau vor das Publikum, das sehen Sie am deutlichsten bei den heutigen Politikern.
Doch zurück dahin, wo es mir am liebsten ist, zum Lob. Dass Sie den letzten *Reineke* gesehen haben, tut mir jetzt, da ich weiß, dass ich ein »Küken der Fuchsgemeinde« vor mir habe, doppelt leid. Es ist lieb, dass Sie nur von einem Hänger sprechen – liebe Dame, ich hatte 6 (sechs)!

Dennoch danke ich Ihnen für Ihre Nachsicht wie auch für Ihren sehr lieben Brief.

Wann loben Sie mich wieder?
Ihr Eberhard Esche

Kraatz, 5. April 2003

Liebe Dame,

und wieder so ein feiner Brief. Da kann ich nicht mithalten. Sind Sie mir gegenüber doch im bestmöglichen Vorteil: Ich bin der Tanzbär im Hellen und Sie sind die Dame im Dunkel. So bleibt mir nur der 17. April, um mich der Unsichtbaren dankbar zu erweisen. Das Risiko, dass das gut geht, ist zwar das Risiko jeder Vorstellung, aber nun machen Sie mir durch Ihre Liebenswürdigkeit das Risiko noch größer. Noch dazu Sie mir Ihre Meckerigkeit nicht verhohlen haben. Andererseits: Wenn ich mit dieser keine Bekanntschaft zu machen wünsche, muss ich eben einfach gut sein. Und, ich tue alles dafür. Den Text bimse ich schon wieder seit Tagen. Wenn das Wetter besser wird, noch mehr. Denn gebimst wird während der notwendigen Gartenarbeit. Wenn Sie fragen täten, was ich lieber täte, bimsen oder Gartenarbeit, wäre die einfache und ehrliche Antwort: Gartenarbeit. Der Nachteil davon wäre nur der, dass ich dann keine solchen schönen Briefe mehr bekäme. Und da die Briefe mir Freude machen, muss ich ergo Vorstellung spielen. Also wird der Text gehämmert, immer drauf, hinein in den alten Schädel. Und wenn es so weit ist, dann brauche ich nur noch gute Laune und – die Stimme, die Stimme! Ob die Stimme sitzt!?

Sehen Sie, auch hier zeigt der Schauspieler die berufsspezifische, weil vorbeugende Eitelkeit, Gespenster an die Wand zu malen, damit sie wegbleiben. Ich meine nicht die Stimme, die wegbleiben soll, ich meine die Gespenster. Verzeihen Sie, natürlich hätten Sie es auch ohne Wiederholung gemerkt, was gemeint ist, aber abergläubisch sind die Gaukler auch noch. Ach, Komödianten! Kein Trapezkünstler käme auf die Idee, die Schwierigkeiten seines wesentlich gefährlicheren Berufes an die Glocke zu hängen.
Und da ich bei Geständnissen bin – ich kann Ihre Frage, wie der Übergang von Eitelkeit auf und vor der Bühne stattfindet und ob das Ding abschaltbar ist, leider nicht beantworten. Ich muss gestehen, dass ich über die Eitelkeit eigentlich nur eines weiß, und diese Weisheit ist, wie Sie sicher wissen, vom alten Salomon, die besagt, dass alles eitel ist. Also auch die Bescheidenheit. Also gehe ich bescheiden in die Hochstapelei, am 17. April Goethe zu sprechen. In der heimlichen Hoffnung, dem Publikum und Ihnen eine gute Vorstellung zu bieten.

Auf Wiederloben
Ihr Eberhard Esche

Kraatz, 30. April 2003

Liebe Dame,

danke für Ihren Brief von vor der Dreihängervorstellung und danke für Ihren Brief von nach der Dreihängervorstellung. Leider wird meine Antwort heute ein wenig kurz ausfallen müssen. Was nicht an Ihrem Schreiben liegt, gerne ginge ich auf dieses oder jenes genauer ein, aber Sie haben es gemerkt, der Frühling ist da! Das bedeutet?
Na, Sie wissen es schon. So viel sei verraten: Um am Abend die Ackerkrume aus den Schwielen der Hände des Landmannes zu kriegen, muss er viel Zeit an der Wurzelbürste verbringen.

Sie sind zu beneiden, Sie haben auf der Schule Griechisch gehabt. Ich nicht! Und mag es damals mühsam gewesen sein, die Hexameter oder Alexandriner im Chore zu sprechen, so haben Sie schließlich den Gewinn im Sinn für das Musikalische gefunden. Ihre Beobachtungen legen beredt Zeugnis davon ab. Als ich mich mit dem *Reineke* noch im Lernstadium befand, das muss über zwanzig Jahre her sein, versuchte ich anfangs, den Hexameter durchzuhalten. Das ließ ich bald sein. Ich wusste, dass Schiller im vertrauten Kreise des Fräuleins von Göchhausen[1] abendliche Lesungen vom *Reineke* veranstaltete und die Damen und Herren beim lauten Lesen zur orthodoxen Einhaltung des Hexameters zwang. Möglicherweise auch deshalb, weil Voß behauptete, Goethe hätte keine reinen Hexameter geschrieben, was man vom Voß nicht behaupten konnte. Aber wer liest heute noch Voß? Daraus entstanden meine Zweifel: Wer hörte heute noch Goethe, wenn ich ihn im besten Sinne spräche. Ist es doch schon ein Wunder, dass in dieser dem Pfusch sich ausliefernden Gesellschaft überhaupt noch Menschen zu Goethe und Heine kommen. Meine besten Bundesgenossen waren über die Jahrzehnte hinweg die Deutschlehrer. Doch nun geht man in den Schulen ernsthaft daran, statt Heine Potter zu lehren. So beuge ich mich dem Zeitungeist, doch verschmähe nicht einen kleinen Kompromiss und wählte so eine Mischform. Mein Verstand sagt mir, ist es auch nicht richtig, so ist es doch populär. Und ich tröste mich und sage: lieber halb als gar nicht. Das ist eine Lüge, das weiß ich wohl, doch hätte ich mich Schillersch verhalten, hätte ich Leute erfreut, an denen mir zwar gelegen ist, aber eben nur jene. Und ein leerer Zuschauerraum mag edel wirken, aber es bleibt ein leerer Zuschauerraum. Der allerdings böte den Vorteil, dass man im Garten etwas Schöneres machen könnte als bimsen.

Ein letztes Wort zum Lobe.
Goethe: »In einem langen Leben setzen sich Lob und Tadel, gute Aufnahme und schlechtes Behandeln dergestalt ins Gleichgewicht, dass es einer bestätigten sitt-

lichen Kraft bedarf, um gegen beide nicht vollkommen gleichgültig zu werden.«
Damit, liebe Dame, verbiete ich Ihnen nicht, mich zu loben, aber ich bitte Sie um Nachsicht, wenn ich das Gute, welches Sie über mich schütten, erst einmal verdauen muss, um meine *sittliche Kraft* zu bewahren. Eines aber will ich nicht ohne Reaktion lassen: Sie schreiben vom Achten Gesang und seiner Wirkung und Sie verbinden diese mit der Vorstellung von *Mächtigen im Saal.* Nun, Sie sahen es richtig, es war keiner da. Es sind nie welche da. Und wären welche da, fühlten sie sich nicht getroffen. Denn das ist auch eine Wirkung des Theaters, die ich nicht unterschlagen darf: Betroffen fühlt sich nie die Zielperson! Säße eine unten, dann reagierte sie sofort mit dem persönlichen Selbstschutz und sagte selbstzufrieden: Damit sind die anderen gemeint. Allerdings kenne ich eine Ausnahme dieser Regel. Die Ausnahme war Walter Ulbricht. Doch das ist eine andere Geschichte.

Wenn ich Sie nicht im rechten Parkett erspähen konnte, lag das nicht daran, dass von oben her gesehen, das rechte Parkett links liegt, sondern es lag an Ihrem, Geheimes ausstrahlendem, kleinen Kuvert. Also bewahrte ich mir die Spannung und öffnete es erst nach der Vorstellung. Leider. Sonst hätte ich Ihnen zugeblinzelt.

Mit bestem Gruß
Ihr Eberhard Esche

Kraatz, 26. Mai 2003

Liebe Dame,

ich hatte mit dem »Züblinzeln« ein Versprechen angedroht, welches ich nie und nimmer hätte einhalten können. Ich will das erklären: Ich habe da oben manchmal bis zu 40 Grad Celsius. Diese Hitzewellen erzeugen die Scheinwerfer. Die Scheinwerfer erfüllen den Sinn, der Bühne volles Licht zu geben und den Saal in den dunklen Kontrast zu setzen. Das volle Licht dient dem Schauspieler nur indirekt, direkt brennt es ihm bis in den hintersten Teil seiner Birne; das Licht dient dem Zuschauer. Es lenkt seine Konzentration nach oben, und so gibt ihm der dunkel erscheinende Zuschauerraum die Illusion, dass er allein mit Allen ist. Ein Zustand, den Sie mit der Königin, für die eine Vorstellung gegeben wird, in welcher nur für sie gespielt wird, trefflich beschreiben; und es könnte ein weiterer Grund sein, weshalb Menschen Theater aufsuchen.

Bei meinen Gastspielen an anderen Theatern werde ich oft gefragt, ob ich den Zuschauerraum nicht im Halblicht lassen wolle. Ich antworte dann immer mit einem Nein und füge etwas unernst dazu, ich will niemanden sehen. Ernst daran ist, abgesehen davon, dass der Zuschauer sich durch Halblicht gestört sieht, dass ich, sähe ich der Leute Gesichter, mir immer nur jener Eine ins Auge fällt, der seiner Frau zuliebe mitgekommen ist und diese Liebe trotz nicht zu unterdrückenden Gähnens, Kauens, toter Augen durch besonders braves Stillsitzen demonstriert. Und wenn im ganzen Saal nur dieser Eine von dieser Sorte ist, den Einen sehe ich – und leider nur den. Was den gesellschaftlichen Nutzen meines Vortrages außerordentlich schmälern könnte.

Ich will also sagen, Sie haben statt des Zublinzelns mein angedeutetes Lächeln richtig gedeutet, und ich freue mich, dass Ihnen niemand den Platz gestohlen hatte. Wäre es der alte Herr gewesen, hätte er mein dieses Mal in die richtige Richtung gegebenes Lächeln zweifellos freundlich entgegengenommen und dennoch hinterher skeptisch hinterfragen müssen. Und ich hätte gedacht, ich habe mein gegebenes Versprechen des Zublinzelns zwar nicht gehalten, aber doch wenigstens in eine Ahnung gebracht. Dass ich einen alten Herrn damit in Verwirrung hätte bringen können, war ja nicht zu wissen. Doch zum Glück, der alte Herr war es nicht, Sie waren es. Denn, wie gesagt, von oben sehe ich niemanden.

Und sah ich Sie auch nicht, so habe ich Sie doch geahnt. So bleiben Sie nach wie vor die Dame im Dunkel.

Nun erst einmal Dank an Sie für beide Briefe und danke für die Blumen. Letztere habe ich, zu Hause angekommen, sofort beschnitten und in eine Vase gestellt, wo sie bis heute durchhalten. Der geschilderte Dialog mit Ihrer Floristin ist wunderbar. Also muss ich gestehen, dass ich von dieser Kultur nichts weiß. Ich weiß nur, dass die Farben von Rosen eine Bedeutung haben können und die Anzahl der Blumen immer eine ungerade Zahl sein müsste. Möglich, dass ich das vor vierundfünfzig Jahren in der Leipziger Tanzschule Angermann aufgeschnappt hatte. Und dann habe ich noch die Erinnerung, dass früher alle Blumen dufteten. Außer zum Beispiel Sonnenblumen. Dafür sind Sonnenblumen schön anzusehen und halten lange. Und dass man sie mit dem Herbst in Anzüglichkeit verstehen könnte, das habe ich nun durch Ihren Flora-Dialog lernen können. Sie sehen, wie wenig ich Ihre Frage *welche Blumen darf man einem Schauspieler schenken* beantworten kann, denn in diesem Fall bin ich nun mal der Lernende.

Die beschriebene Vorstellung vom *Wintermärchen* war wirklich nicht gut besucht. Sie erinnerte mich an 1961 und 1989. Also die Zeiten nach dem Bau der Mauer und die Zeiten nach dem Bruch der Mauer. Beide Male waren danach unsere Theater leer. Aber nach dem Bau der Mauer ignorierten wir die leeren Ränge und hielten durch, bis die Leute wiederkamen, und wir wurden besser und begannen das politische Denken in der Praxis zu lernen; und lernten beim Lernen, was kaum schmerzfrei ablief, dass unser Neuerwerb nicht um seinetwillen da war, sondern der Kunst zu dienen hatte. Für den, der sich das Umgekehrte ausgedacht hatte, zahlte sich das nicht für ein

ganzes Leben aus. Ich denke, eine bessere Schule war in Deutschland zu jener Zeit nicht zu haben. Heute wird über diese Zeiten, die bis zum Beginn der siebziger Jahre reichten, viel Unsinn gequasselt. So viel heute zu Walter Ulbricht.
Nach dem Mauerfall blieb das gewohnte Publikum aus Gründen fern und es kamen die Menschen aus Westberlin zu uns. Ich machte die Erfahrung, dass sie ebenfalls aus Gründen kamen. In Gesprächen erfuhr ich, dass sie im Verfall, den die Theater ihnen bisher zunehmend zu bieten hatten, jenes vermissten, das sie bei uns und insbesondere am Deutschen Theater noch glaubten finden zu können. Und ich stieß auf ungläubiges Staunen, wenn ich erwiderte, bitte, meine Damen und Herren, Sie sehen nur die Reste unseres einstigen Vermögens.
Inzwischen, so glaube ich, hat jener Teil des Publikums, von welchem ich hier spreche, dem Theater insgesamt den Rücken gekehrt. Ich auch. Bis auf die bekannten Ausnahmen.

Zurück zum *Wintermärchen*. Sonst ist es gut besucht, es gehört mit zu den bestverkauftten Vorstellungen des DT, und worauf ich besonders stolz bin, es hat noch immer den größten Anteil jugendlicher Besucher. Und das seit neunundzwanzig Jahren. Was ich an jenem Abend schade fand, war: ich war gut, besser als meistens, aber meistens sind mehr Leute drin. Und nun kommt die Schauspielertragödie. Sind mehr Leute drin, bin ich … na, Sie wissen schon! Mein hochgeschätzter Kollege Otto Mellies, der Nathan vom DT, pflegte sehr hübsch zu zitieren: Der Mensch ist keine Maschine. Das stimmt! Und schließt im weitesten Sinne an Ihren geäußerten Zweifel an, ob man Unterwerfung und Freiheit verbinden kann. Man kann. Goethe hat es uns gezeigt: Er unterwarf sich dem strengen Gesetz des Hexameters, um das höchste Maß an Freiheit im Epos zu gewinnen. Doch teile ich Ihre Zweifel bezüglich der Gesetze des Marktes. Ich glaube nicht, dass man das erstrebenswerte Maß der Freiheit gewinnen kann, wenn man sich der Brutalität der Marktgesetze unterwirft. Tut man es, und wir sehen, man tut es, entsteht auf die Kunst übertragen nicht nur schlechtes Theater und schlechte Literatur, sondern, und das ist viel schlimmer, ein Nichtverhältnis zur Kunst überhaupt. Also unmenschliche Verhältnisse.

Ich werde ernst, und der Brief muss zur Post, schließlich soll er sie noch vor dem *Zauberlehrling* erreichen. Und ich freue mich, dass Sie kommen werden.

Auf Wiedersehen
Ihr Eberhard Esche

Kraatz, 4. Juni 2003
die Kinder haben hitzefrei

Liebe Dame,

ich zeige Ihnen jetzt mein Haus. Es steht am Nachmittag 16 Uhr 14 in gleißender Hitze von 36° Außentemperatur mitten auf einem täglich mehr vertrocknendem Roggenfeld. Darinnen, in der Küche unten, ist es kühl mit 22°, in der Halle oben ist es immer etwas wärmer mit 38°, und in der Mitte, in der Bibliothek, hält sich die Gradesmitte mit 26°. Daselbst sitze ich nun, genieße die Kühle, denn so relativ werden Katastrophen empfunden, und ich beantworte Ihren schönen Brief sofort. Natürlich habe ich im Garten genügend Platz und viele Schattenplätze, doch natürlich kein mechanisches Schreibgerät. Und natürlich habe ich das Bedürfnis, Ihnen zu schreiben, sehr. Es ist wohl schon so, dass ich auf Ihre Post warte. Und die bekomme ich nur, wenn ich eine Theatervorstellung hatte. Und während ich bisher stets die freien Tage, also die ohne Vorstellung zählte, zähle ich nun die Vorstellungen und, o Jammer, ich habe nur noch eine. Bis zum Spielzeitende. Dann kommt die Theaterpause. Und danach habe ich dann immer nur die drei. *Wintermärchen, Reineke, Zauberlehrling.* Und irgendwann wird Ihnen das zu viel, ich meine zu wenig. Denn neue Vorstellungen werde ich nicht mehr erfinden. Auch brächten die, erfände ich sie, worin ich keine Schwierigkeit sähe, das DT, wenn sie sie denn nähmen, aus dem Gleichgewicht. Nein, aus dem Gleichgewicht ist das Theater schon längst, die merken das nur nicht, die Duodezfürsten, und rühmen sich stattdessen der geschwindelten Auslastung und sind doch nicht einmal *damit* eine Ausnahme, denn darinnen wetteifern sie mit den noch vorhandenen Theatern in der Hauptstadt Berlin. Einst nannten wir das Tonnenideologie. Nein, ich brächte das Theater nicht aus dem Gleichgewicht, ich brächte es aus der Parität. Sie sehen, ich fühle *modern.* Doch das hilft auch nicht weiter. Die Wahrheit bleibt: Irgendwann einmal fehlen Ihnen die Gründe zum Schreiben.

Beendete ich an dieser Stelle meinen Brief, dann wäre er einmal kurz, Sie hätten ihn schon bald in den Händen und könnten widersprechen. Doch Sie auf diese Weise zum grundvollen Schreiben zu zwingen, ist wohl sehr kokett. Also lasse ich das mit dem abrupten Ende und schreibe weiter und tue das gern.

Erst einmal vielen Dank für Ihren Brief. Sie wissen mich vorzüglich zu beschreiben, und ich genieße es. Das ist nicht kokett. Wenn Sie es mir nicht schrieben, sondern sagten, bekäme ich eine rote Omme. So nicht. Im Gegenteil, ich lese es schamlos noch einmal und freue mich wieder. Es ist nämlich wahr, bei mir ist keine Vorstellung wie die andere. Das konnte ich noch nie. Jede Vorstellung war und ist für mich immer: die erste. Deshalb auch die Angst, die bis heute anhält, vor jeder. Das war nicht immer leicht für meine Partner. Doch Thespis sei Dank hatte ich in der Mehrzahl, als ich noch im Ensemble spielte, und das ist genau genommen sehr lange her, die besten. Und die wussten gegenzuhalten, und oft entstanden dadurch herrliche Kämpfe auf der Bühne, dem Dichter nicht zum Schaden, dem Zuschauer bestimmt zum Vergnügen. Und nun kommt es, beste Dame aus der Dunkelheit, noch nie hat ein Kritiker von Profession es je bemerkt, dass keine Vorstellung wie die andere ist, sondern stattdessen jede kommende der Verbesserung des bisher Geleisteten gilt. Das konnte das faule Kritikerpack auch nicht merken (bis auf wenige Ausnahmen, eine war Friedrich Luft), zeigte es sich doch nur zu Premieren. Und nun kommen Sie, einfühlsam, gescheit und mit echtem musischen Empfinden und schreiben es. Dafür bin ich Ihnen sehr dankbar. Da werde ich im Oktober endlich siebzig werden und kriege schon im Juni so feine Geschenke überreicht. Danke! Und so packe ich die Gelegenheit und komme zu den drei Punkten.

Zum Ersten:

Wenn wir Ihren Rhythmus einhalten und warten noch vier Jahre, stehe ich vor meinem fünfundsiebzigsten.

Zum Zweiten – komme ich gleich.

Zum Dritten:

Das Wunschdenken habe ich mir in der DDR abgewöhnt. Also habe ich mir überhaupt noch kein Bild von der Dame im Dunkel gemacht, wie hätte ich auch. Wie wir wissen, habe ich sie doch noch nie gesehen. Ich habe sie nur gelesen. Doch was ich las, das war nicht im Dunkel. Das ist eine Vorstellung geworden. Eine schöne Vorstellung. Mein Freund, der Pfarrer Beltz[2], ein Mann, der auch ausgestorbene Sprachen beherrscht – wenn ich nicht irre vierzehn an der Zahl (damit liefere ich nicht den Beweis, dass er recht hat, nur die Vorstellung, um was der Mann sich alles kümmert) –, der glaubt daran, dass fast jeder Mensch nicht wenig für sein Äußeres vom Innern her tut. Folglich könne man das an seiner Gesamterscheinung, wenn auch in ungewissem Maße, ablesen, wie er die Zeit seines Lebens fühlt und denkt. Sie bemerken es, mein Pfarrer Beltz ist gleichermaßen Christ wie Wissenschaftler, wenn auch mehr ein gläubiger, also ein Skeptiker. So bin ich des »Bildes« wegen unbesorgt und schreite zurück nach vorn zu Zwei:

Ja. Wir helfen nach!

Einverstanden? Und bedenken Sie, dass das Risiko mehr auf Ihrer Seite ist. Denn, zwar haben Sie sich ein Bild von mir machen können, aber das Bild ist von der Realität der Kunst abgeleitet. Die Realität des Lebens ist eine andere. So sind in der Vorstellung der Kinobesucher ihre Helden im Kino, beispielsweise, immer größer als außerhalb des Kinos. Was sie spätestens auf dem roten Teppich der Galas entdecken können. Wenn sie denn wollten. Doch dem Markt sei Dank, die meisten lassen sich nicht den Blick von der Wahrheit trüben. Davon lebt nicht nur die Filmindustrie.

Nun ist es Pfingstmontag geworden. Es hat auch mal geregnet. Doch Brandenburg hat Riesendurst. Denke ich an meinen Rasen, dann bin ich unbesorgt, der kriegt sein Wässerchen. Doch bin ich nicht erzogen, mit dem Meinigen mich zufrieden zu geben. Wenn ich gefragt würde, wessen Geduld ich am meisten bewundere, dann wäre meine Antwort: die von Müttern und die von Bauern.

Es bleibt noch manches, nicht nur auf Ihren letzten Brief, von mir ohne Antwort. Und ich ginge gern noch auf manches ein, doch wann, so frage ich, wann kommt dann mein Brief in Ihre Hände?
Eines picke ich doch noch heraus. Der *Erlkönig* gibt drei Möglichkeiten des Betrachtens: Eine mythische. Eine private. Und eine politische. Ich versuche, alle drei unter einen Hut zu bringen. Ob mir das gelingt will ich nicht vom Applaus bestätigt wissen, darum schließe ich flott zu *Den Vereinigten Staaten*[3] an.

Dass Sie am 27. Juni kommen, freut mich sehr.

Bis gleich
Ihr Eberhard Esche

Kraatz, 20. Juni 2003

Liebe Dame,

für Ihren lieben Brief bedanke ich mich sehr. Es ist so, wie Sie schreiben: Des Briefes Inhalt handelt nicht von der Schauspielerei, er handelte von uns. Es ist der erste Versuch, die unsichtbare vierte Wand, die Publikum und Akteure trennt, zwischen uns beiden aufzuheben. Das wäre ein Mauerfall, der mir gefällt. Was tun? Wir werden uns treffen. Ja natürlich! Und wie machen wir das?
Wie es sich gehört, überlässt die Dame es dem Herrn, die Initiative zu ergreifen. Also muss ich ran! Ich versuche das mal. Meine Erfahrungen in dieser Hinsicht sind da sehr verschwommen und bei heutiger Klarsicht null. Und ob das, was da jetzt folgt, eine Eins vor die Null setzt, das werden wir ja sehen. Ich fange an.

Sie wissen, ich wohne nicht in Berlin. Ich wohne in der Taiga. Ich wohne da, wo die Eingeborenen zwar schon Auto fahren können, doch deren merkwürdiger Fahrstil auf die Häufigkeit von Wildwechsel hinweist. Das will meinen, dass ich nach einer Theatervorstellung auch noch mit Wisenten, Elchen und Säbelzahntigern Rechnung halten muss. Nun könnten wir uns ja vor dem Wildwechsel treffen. Doch ist meine Kondition nach einer Vorstellung eine schlechte. Und ich möchte Sie nicht gleich zu Beginn enttäuschen. Auch ist das Restaurant im Theater ein nur wenig geeigneter Ort für ein erstes Rendezvous. Um das handelt es sich doch! Und ein Rendezvous soll doch kein Event werden.

Wo dann, mein Herr?
Bitte, liebe Dame, verzweifeln Sie nicht, ich habe zwar noch keinen konkreten Vorschlag gemacht, aber ich versuche mich, dem zu nähern.

Im Gegensatz zu dem meinigen ist Ihr Tagesablauf, so unterstelle ich, nach der wochentäglichen Uhr geregelt, so dass Ihnen uhrlos nur die Wochenenden bleiben können? Bitte unterbrechen Sie mich sofort, wenn ich falsch liege. Doch angenommen, es wäre so, dann blieben ja nur die Wochenenden? Die ja eigentlich ein rechter Betrug sind: Ab Montag freut man sich auf den Freitagabend, dann geht man am Sonnabend die nötigen Einkäufe tätigen und freut sich auf den Sonntag. Der Sonntag hat dann, wenn man Glück hat, seine schönen Frühstücksmomente mit Presseschau, und schon beim Mittagessen denkt man an den Montagvormittag. Das ist sehr abwechslungsreich. Wissen Sie, dass, wenn die Sonne scheint, die Taiga sehr schön ist? (Übrigens auch, wenn es regnet, es darf bei Besuch nur nicht zu lange regnen.) Wenn Sie kein Auto fahren, dann kann ich Sie auch abholen, von Berlin oder von der S-Bahn oder von einem der umliegenden Bahnhöfe, auf denen es statt Rotmützen

Enten und Hühner gibt, oder Sie bringen Ihre Freundin mit, die damit herzlich eingeladen wäre. Teetassen habe ich genügend. Oder Sie nehmen ein Flugzeug, und ich hole Sie dann von Altlüdersdorf ab, dort landet zwar kein Flugzeug, aber man wirft dort Fallschirmspringer ab. Was eine gewisse Sicherheit bedeutet, da man auf diese Weise die brandenburgische Fahrkunst vermeiden kann. Denn, habe ich das schon gesagt, die Brandenburger fahren wie die gesengten Ochsen. So fuhren sie schon in den fünfziger Jahren des vorigen Jahrhunderts. Das weiß ich noch. Was ich nicht weiß, ob die Völkerwanderung für die Brandenburger die angemessene Fortbewegung war. Ich komme vom Thema ab. Und ich bin auch hinsichtlich der Brandenburger sehr pauschal, also ungerecht, und ich rede drumrum, weil ich ahne, dass sich meine Vorschläge als wenig passend zeigen. Höchstens als Andeutung zu verstehen. Und so ist es auch gemeint. Wenn auch diese Andeutung mir hübscher erscheint als ein kleines Café oder ein großer Biergarten oder die Weltuhr auf dem Alexanderplatz oder eine Parkbank im Volkspark Friedrichshain oder in einem der Tierparks oder das Naturkundliche Museum, wo ein Saurier steht, unter dessen Bauch ich schon mal eine Lesung machte – ich weiß es nicht mehr, von wem die Lesung war, aber ein Cellist war dabei und der Saurier gähnte. Seitdem war ich nicht mehr im Naturkundlichen Museum in der Invalidenstraße. Und ich weiß nicht, wie der Saurier heute reagiert, wenn er mich sähe und ich mich außerdem, wenn auch nicht unter ihm, aber neben ihm mit einer Dame träfe. Damals wirkte er jedenfalls nach dem Applaus, welcher der Lesung folgte, sehr bissig. Wir könnten uns auch im Zeughaus treffen, da gibt es keine Saurier, aber einen Imbiss, aber ich glaube, im Moment wird dort restauriert. Was tun? Bitte denken Sie nicht, dass ich mir es einfach mache, wenn ich sage: Bitte sagen Sie mal was.

Doch der Brief muss auf die Reise.
Ihr Eberhard Esche

Kraatz, 30. Juni 2003

Liebe Dame,

Danke für zwei Briefe in einem Kuvert.
Und danke für den schönen Blumenstrauß.
Es ist sehr gut, was Eugen Jochum[4] sagt; es ist sehr schlecht, dass das ein »Samisdat« der Minderheit bleibt. Und gäbe es nicht die Mehrheit des Publikums, welches noch immer das Gute sucht, hätte die Kunst schon längst aufgehört zu existieren.

Danke, dass Sie auf all meine Vorschläge eingegangen sind und statt des Fallschirmsprunges nun die Mitte zufügen.
Ich habe fast dreißig Jahre in Mitte gelebt. Einst war die Monbijoustraße, was der Name sagt, ein Schmuckstück, ein stilles. Nun ist sie ein Schaustück, ein lautes. Sähe und hörte ich es nicht selbst (es gibt Gründe, dass ich die Wüste der Stadt vorzog), wüsste ich es von meiner Tochter, die nun in meiner Wohnung lebt. Sie will da nicht weg, aber leidet doch. Und da wollen wir uns treffen? Ungestört und allein? Wenn Sie das wollen, dann muss es sein. Ich grübele, wo könnte das dann sein, auskennen tue ich mich ja.
Drei Jahrzehnte habe ich den Straßen der Mitte meine Texte vorgedudelt. Und Mitte hat viele Straßen

und Berlin-Mitte hat viel Geschichte, preußische, deutsche, jüdische, französische und Weltgeschichte. Und da ich mich da ein bisschen auskenne, könnte ich Ihnen erzählen, warum F. W. I.[5] nach einem sechswöchigen Besuch, den ihm sein Freund Zar Peter abstattete, das Monbijouschloss drei Jahre lang renovieren musste, zum Beispiel. Da störten auch beim Erzählen die Passanten nicht. Vielleicht blieben welche stehen und hörten zu.

Doch wenn ich es nur Ihnen erzählen will, und das möchte ich schon gern, dann blieben in Mitte nur die Friedhöfe. Einen kennen Sie schon, und einen gibt es, der noch friedlich liegt. Genau an der Mauer zwischen Mitte und Wedding, zwischen Ost und West. Fontane liegt da mit seiner Frau Emilie. Es ist der Französische Zwei. Genau genommen sind es vier Friedhöfe. Aber uns reicht ja einer. Aber auf einem Friedhof treffen? Ich weiß nicht.

Jetzt wäre ich geneigt zu sagen: Nun sagen Sie mal wieder was! Aber ich sage das nicht, sonst zieht sich das Treffen so lange hin, bis ich zum Friedhof nicht mehr selber laufen kann. Also schlage ich vor: Wir treffen uns in der Liesenstraße. Die Liesenstraße geht vom Ende der Chausseestraße ab. Fährt man mit dem Auto fast bis zur S-Bahn-Überführung heran, sieht man links und rechts jeweils einen Friedhof, einen West und einen Ost. Da hielte man und fände Parkplätze genügend, denn wer geht schon noch auf Friedhöfe. Und da stünde ich dann. Und wann? Warum nicht am Wochenende? Warum nicht

das nächste? Oder das übernächste? Oder das überübernächste?
Nun sagen Sie doch auch einmal was!

Ich freue mich und harre der Antwort.
Ihr Eberhard Esche

Kraatz, 11. September 2003

Liebe Dame,

es regnet. Das ist gut. Selbst dann, wenn es sich nicht, wie der Bauer zu sagen pflegt, um einen Landregen handelt, der nötig wäre. Aber, dem Himmel sei Dank, hat der Mensch gelernt, auch mit Bescheidnerem zu leben. So kann ich, wenn es regnet, Innenpolitik machen. Das meint, im Haus arbeiten. Und das tut, weil auch im richtigen Leben viel zu selten angewandt, immer gut. Denn im Haus, da steht ein Tisch, und auf dem Tisch stapelt sich Papier. Und das Papier sind Briefe. Und die Briefe fordern Regen, denn ohne Regen bin ich nicht im Haus, und wenn ich nicht im Haus bin, kann ich keine Innenpolitik machen, also Post beantworten. Und wenn ich keine Post beantworte, wird der Stapel immer höher. So erklärt es sich, dass oben auf dem Stapel unbeantworteter Post drei Briefe von Ihnen liegen. Bitte nehmen Sie diese gute Erklärung als freundliche Entschuldigung an.

Danke für Ihren Besuch am 5. September zum *Reineke*. Ich stimme Ihnen gern zu. Die dreiwöchige Vorbereitung hatte sich gelohnt. Das Publikum an diesem Abend war großartig. Es war sehr wach, und spätestens im Achten Gesang spielten wir zusammen. Wir gewannen für den Moment eines Theaterabends die gleiche Weltsicht. Es freut mich, dass es auch Ihnen Spaß gemacht hat. Ob allerdings das Zusammenspiel noch Spaß hätte machen können, wenn wir noch enger zusammen gespielt hätten, dieses anzunehmen habe ich Grund zum Zweifel. Sie merken schon, ich spiele auf die von Ihnen zitierte Sitzordnung an.

Shakespeares Bande spielte für die Königin. Die Vorführung fand im Palast statt. Selbstverständlich nahm die Königin dabei eine ihrem Rang zustehende Platzierung ein. Spielte die Truppe in ihrem Theater, probierte die herrschende Bürgerschicht der Krämer und Piraten, es der Königin gleichzutun. Sie drängelte sich nach vorn. Da es sich nun aber bekanntlich nicht mehr um eine Einzelperson, sondern um mehrere handelte, gab es nicht nur ein kleines Geschubse auf der Bühne, sondern auch eine große Benachteiligung für das Volk im Parkett. Sie sehen, es zeigt sich im Theater das Gleichnis zur Wirklichkeit. Zwei Dichter dieser Zeit, Beaumont und Fletcher[6], haben dieses und andere sich daraus ergebende Probleme in ihrem Stück »Der Ritter von der flammende Mörserkeule« vorzüglich beschrieben.

Darf ich Ihnen in noch einem Punkte widersprechen? Der *Schule Bessons*[7] bin ich noch immer sehr dankbar, so wie ich, ich möchte nicht alle aufzählen, meiner Volksschule in Leipzig und der Wirtschaftsoberschule »Ferdinand Lassalle« und der Berufsschule für Wirtschaft und Verwaltung und der Schauspielschule, der späteren Theaterhochschule, alles ebenda, ebenfalls noch immer sehr dankbar bin. Aber das Denken, und ich glaube, das meinen Sie, das habe ich erst viel später gelernt. Und damit, da haben Sie recht, sollte man nie aufhören.

Danke für Ihre gezeigte Anteilnahme am Tode des Dichters Peter Hacks. Wir waren, dem Wunsche der Witwe folgend, nur Wenige zur Beerdigung und Viele bei der anschließenden Trauerfeier im Französischen Dom.[8] Die herrschenden Großköpfe lassen ihr Verhältnis, respektive Nichtverhältnis, zu Verstorbenen öffentlichen Interesses, in diesem speziellen Falle sogar öffentlichen Desinteresses, durch die Presse wissen. Das geht ganz einfach: Die Presse teilt der Öffentlichkeit die Anzahl der Trauergäste mit. In unserem Fall schrieb sie zweihundert Personen. Erschienen waren, laut ausliegendem Kondolenzbuch, vierhundertdreiundzwanzig Menschen. Das ist mehr als das Doppelte der angegebenen Lüge und so wenig nicht, wenn man weiß, dass die meisten Zeitungen die zugesandte Pressemitteilung des Verlegers von Hacks, vom Termin und Ort der Veranstaltung, ignorierten. Meines Wissens haben nur zwei Zeitungen darüber mitgeteilt. Wir, die Freunde von Hacks, sehen in dieser Reaktion auf den besten deutschen Dichter seit Goethe und Heine die Bestätigung, wie recht Peter Hacks in seiner Beschreibung der herrschenden Verhältnisse hat. Und die Kunsteunuchen passen sich wie immer fein an. Da hocken sie unter der Tafel der Einflussgebenden, zwicken den Hacks in die inzwischen langsam von den Würmern angegangene Ferse und hoffen auf zugeworfenes Schappi. So erklärt sich unter anderem auch der volkstümliche Ausdruck vom Schnäppchenjäger. Und natürlich erklären sie nun beflissen, Hacks sei schon immer ein Romantiker gewesen und hätte folglich die Welt dementsprechend beschrieben. Sie finden ihn also lieb und versuchen, ihn so harmlos zu machen. Selbiges sagen sie bis heute von Goethe und Heine. Genau genommen waren Goethe, Heine und nun Hacks Vollidioten. Pygmäen bringen Riesen unter ihr Augenmaß und erklären uns so die Welt.

Lassen wir das. Dieser Sommer hatte wenig Mücken, doch wäre es ein Trugschluss gewesen, hätte man daraus die Schlussfolgerung gezogen, die Mücken wären ausgestorben. Vorgestern wurde es wieder etwas wärmer und feuchter, wie gesagt, es regnete. Bums, waren die Mücken wieder da.

Ich grüße Sie herzlich
Ihr Eberhard Esche

Kraatz, 28. Oktober 2003

Liebe Dame,

danke für Ihre Wünsche. Und danke für die beiden vorangegangenen Briefe. Als Revanche berichte ich Ihnen von meinem Jubiläum in Leipzig. Und hätte ich die Wahl zwischen DT und Schauspielhaus gehabt, ich hätte mich für Leipzig entschieden. Ungeachtet dessen, dass der Berliner Intendant, als er von meiner sächsischen Einladung erfuhr, sich beeilte, mir das Gleiche in Berlin in Aussicht zu stellen. Das tat er fünf Tage vor dem 25. Oktober. Dass er lügt, ist nicht schlimm, aber dass er so schlimm lügt. Immerhin hat er es sich nicht nehmen lassen, mir drei Flaschen Rotwein nach Leipzig zu senden. Ich denke, ich werde sie irgendwann trinken. Was kann so eine Flasche dafür.

Ein 70. Geburtstag, was ist das? Es bleibt die alte Null mit einer neuen Nummer davor. Und was bleibt in der Erinnerung an die gehabten Geburtstagsfeste? Ein bissel Zirkus! Schöne Attraktionen und viel Maloche. Denn erst baut man wochenlang das Zelt auf, und dann baut man wochenlang das Zelt wieder ab. Viel Arbeit und viel Lächeln. Und es bleibt die Frage, was mehr Zeit gekostet hat, die Arbeit oder das Wegschrumpeln der Lächelfurchen danach. Das mag ein Grund sein, weshalb ich meine Verjährungstage schon lange nicht mehr feiere. Letztlich haben auch die Gäste was davon, da auch diese einer Anstrengung mehr ledig sind. Und nun diese Einladung nach Leipzsch.

In meinem Beruf ist zu Recht das Hochdeutsche Bedingung. Der olle Goethe hat lange genug darum gekämpft. Doch ist ganz zu verleugnen, woher man kommt, aber auch kein Hochdeutsch, da die Gefahr besteht, dass die Seele fehlt. Und kommen die Kolleginnen und Kollegen aus Bayern, Schlesien, Berlin, Rostock und woher auch immer, das Publikum erfreut sich, erahnend die Herkunft, gleichermaßen an ihrer Kultur und Natürlichkeit. Doch kommt einer aus Sachsen, dann droht als einzige Traumrolle der Striese.[9] Und der wird nicht selten mit einem Österreicher besetzt.
Lange habe ich mich mit meinem unüberhörbaren und unverwechselbar anzusiedelnden Herkommen herumgebalgt, habe mich zeitweise in Künstlichkeiten selbst verunstaltet, und lange hat mich der Herr im Dunkel der Nacht herumtappen lassen, und das alles aus dem einen Grund, mich als Sachsen erkennungsdienstlich unkenntlich zu machen. Doch nun, und das ist nur einer der vielen Vorteile des Alters, ist es mir nicht nur mehr schnuppe, nein, noch besser: Ich werde immer sächsischer. Mein Denken und Fühlen ruft, wenn es rufen könnte: Isch bin ain Sachse! Und jetzt kommt der Glücksfall, ich konnte es an meinem Siebenzigsten zeigen. In Leipzig. Vor meinen Leipz-

schern. Und ich habe sie nicht enttäuscht. Und sie mich schon gar nicht. Ausverkauft und großer Bahnhof, viele Zugaben, und ganz am Schlusse habe ich mich auf die Bühne gekniet und so dem Publikum meine Verehrung erwiesen. Ich hatte das Lied des Dichters im allerkultursächsischsten Hochdeutsch gesungen. Das sind die wenigen Momente, in denen ich mich im richtigen Beruf wähne: Du kannst die Gäste alle auf einmal umarmen. Und – eine Gelegenheit habe ich mir nicht entgehen lassen, ich habe nach der dritten Zugabe noch eine kleine Danksagung gehalten. Hier ist sie, in etwa:

Liepe Leipzscher,

ich bin fünfzig Jahre am Theater, und ich habe mich vierzig Jahre verbraucht, um mich mit Intendanten und Regisseuren anzulegen. Zu Beginn mit einigem Unrechte, der fehlenden Nachdenklichkeit, der Jugend zuzuschreiben, doch später, dem Verfall des Theaters anzurechnen, mit zunehmendem Recht. Das hatte natürlich Folgen. Die Rollen wurden weniger. Und wenn die Rollen wegbleiben, was willst du dann noch am Theater? Dass ich diese Zeit als Theaterschauspieler überleben konnte, habe ich, paradox, einem Regisseur zu verdanken. Denn die Idee, Heines Wintermärchen auf die Bühne zu bringen, hatte vor neunundzwanzig Jahren, leider nicht ich. Alles, was folgte, war zwar meine Idee, diese nicht, es war ein anderer, und ich neide ihm, bis über das Grab hinaus, diese große Idee. Der Regisseur heißt Adolf

Dresen. Und dass ich heute, in meiner Geburtsstadt, diese Aufführung aus bekanntem Anlass zeigen kann, habe ich einem Intendanten zu verdanken, auch das ist für mich ein ungewohnter Vorgang. Doch es fällt leicht, den ungewohnten Vorgang zu vollziehen. Ich danke Herrn Wolfgang Engel.

Das war mein Geburtstag. Jetzt bin ich alle und müde, doch dieser Oktober ist aus echtem Gold, und morgen geht es mir schon wieder besser. Sie haben also keinen Anlass, um mich besorgt zu sein.

Ich grüße Sie
Ihr Eberhard Esche

Kraatz, 12. November 2003

Liebe Dame,

ich lass mir Zeit mit dem *nächsten Runden*. Die Zeit brauche ich auch, denn mit der Beantwortung der Glückwünsche des *letzten Runden* bin ich längst nicht am Ende. Also schnell Ihre Post dazwischengeschoben.

Sie mischen sich ein? Sie verkehren mit Lokalblättchen? Also, persönlich danke ich Ihnen, aber als gesellschaftliches Phänomen muss ich Sie warnen! Denn das ist nutzlos.
Ich versuche es zu erklären. In einigen der Glückwunschkarten und -briefe tauchte eine Wiederholung auf, die mir *Gute Fahrt beim Umschiffen* wünschte. Die Wiederholung machte mich stutzig, und siehe da, die Erklärung kam auch mit der Post. Jemand schickte mir das Artikelchen von dem Jüngelchen aus der lokalen Dingsdazeitung zu. Und da stand das drin. Ich komme darauf zurück.
Erst einmal, Sie haben recht, Herr W. hat den *Zauberlehrling* nicht gesehen, er hat von mir überhaupt noch nie etwas gesehen, er hat mal kurz in die CD mit Hacks reingehört und das war's. Im Übrigen schreibt fast die gesamte Journaille voneinander ab. Das ist viel leichter. Hat nur ein kleines Manko: Beim

Abschreiben verlernt das Pack das Schreiben und das Lesen obendrein. In dem Falle des Herrn W. nachweislich, denn er zitiert mich mit oben anzitiertem *Umschiffen der Bitterkeit.* Das also hätte ich gesagt. So weit so gut, bloß, so was sage ich nie. Kann ich gar nicht sagen, weil ich nicht bitter bin. Selbst wenn ich wollte, weil es Anlass gäbe, zum Beispiel durch das wiederholte Lesen von Kritiken und Jubiläengeschreibsel, ich könnte es nicht; meine Mutti und mein Vati und meine Opas und meine Omas und was weiß ich wer noch haben vergessen, mir die Gene mit Bittermus zu füllen. Abgesehen davon, dass das Umschiffen der Bitterkeit ein sehr ungewöhnlicher Vorgang wäre, denn sinngemäß (wenn da ein Sinn wäre) hieße das: Ich schiffte mich selber an. Also, die Schifferei kann er nicht gelesen haben, das hat er vielleicht geträumt. Deshalb meine ich, das Pack verlernt das Lesen.

Aber etwas verlernen die Küchenschaben niemals: das Anpassen! Welches System auch immer just das Zahlungsmittel darstellt, die Schaben sind schon da. Folgerichtig erwähnt er mit der süffisanten Frage: *Haben Sie Dieter Mann im DT gehört?* den feinen Thomas-Mann-Abend, den der herrliche Schauspieler Herwart Grosse erfand und den er viele Jahre lang spielte, und den nun Dieter Mann, lobenswerterweise, wieder hat hochholen lassen und auf die Bühne des DT gebracht hat. Auch wenn er dabei, wie man mir sagt, den ursprünglichen Erfinder des Abends nicht erwähnt. Ungeachtet dessen hat Kollege Mann, dem man als

Schauspieler nichts Schlechtes nachsagen kann, zu Recht eine gute Presse bekommen. Doch wenn der Herr W. *mich loben* würde, müsste er das vor seinesgleichen rechtfertigen. Denn es ist seinesgleichen, damit meine ich alle Zeitungen der alten und der neuen Hauptstadt, was das *Wintermärchen* seit der Premiere 1974 in Berlin nie beschrieben hat. Fragen Sie mich bitte nicht nach den Gründen. Welcher auch immer, es wäre kein Grund. Das einzig Erkennbare ist die Laufzeit dieses Heinrich-Heine-Abends. Und das ist allerdings höchst ärgerlich. Da ist etwas geschehen, was nicht geschehen kann: Ohne Presse gehen die Leute zu Dem? Nun, liebe Dame, Sie sind Zeugin, die Leute gehen. Ich will nicht sagen, dass die Leute damit dem Feuilleton seine Existenz absprechen wollen, nein, sie nehmen es nur einfach nicht zur Kenntnis. Und das seit fast drei Jahrzehnten. Das allerdings ist bitter. Aber nicht für mich. Offensichtlich lesen die Leute nicht nur Zeitung, sondern sie sprechen auch ohne Zeitung noch miteinander. Und das lässt doch, bei allen Untergangsszenarien, die die Medien schütten, für die Zukunft hoffen.

Natürlich gibt es auch ordentliche Kritiker. Ich kenne Herrn Funke schon lange. Er gehört zu jenem Typ, die das Theater auf eine sympathisch-hilflose Weise liebhaben. Es gab einen, der liebte es sogar: Friedrich Luft. Von ihm weiß ich, dass ihm das heute tonangebende Geschmeiß schon zu Beginn der achtziger Jahre an die Jacke ging. Was ihm unangenehm war, denn Friedrich Luft war ein Herr. Ungeachtet dessen, dass er beim RIAS arbeitete. Für Herrn Luft war sein Beruf, wie er sagte, ein wunderbarer Zufall, da er auch noch dafür Geld bekam, dass er ging, wohin er für sein Leben liebend gern ging – in das Theater! Nun haben Sie dem guten alten Mann ein paar Blümchen auf das Grab gelegt und danach einen Preis gestiftet, und den nannten sie den Friedrich-Luft-Preis. Und wer vergibt den? Na, raten Sie mal? Na, eben Die! Und an was vergeben die das? Gucken Sie in die Zeitung. Ins Schwärmen können die geraten, wenn sie etwas Hoffnungsloses zu vergeben und zu beschreiben haben. Denn das ist ihr Geschäft. Man holt seinen Profit aus der Lazarettpoesie. Zu welcher eben Goethe und Heine nicht passen. Aus Anstandsgründen passen sie zu Küblböck und Bohlen[10] unter die erste deutsche Hundertschaft. Und dann Schwamm drüber: Potter statt Heine in das Lernprogramm der Schulen.

Dennoch, der oben erwähnten Warnung zum Trotz, Ihr Telefonprotokoll mit dem Volontär vom Provinzblatt mit Regionalanspruch ist ein kleines Fettbemmchen. Dafür danke ich Ihnen.

Ihr Eberhard Esche

Kraatz, 8. Dezember 2003

Liebe Dame,

es ist kurz vor Weihnachten, also kommt der Winter, also warten die letzten Dinge im Garten. So setze ich gerade Kompost. Was heißt das? Also, ein Grashalm, ein Laubblatt und Küchenabfall kann schon Kompost werden. Man muss sie nur ein Weilchen verfaulen lassen. Natürlich nicht in der Küche. Zwar, das kann man auch, aber es ist schwierig, zum Beispiel bei kleinen Küchen. Also ist es praktikabler, das Ganze im Freien abwickeln zu lassen. Auch weil Regenwürmer in Küchen selten anzutreffen sind, und Regenwürmer brauchen wir für den Verrottungsprozess. Oder, wie wir Fachleute sagen: zum Kompostieren!
Damit sich das Kompostieren auch lohnt, genügt natürlich nicht nur ein Grashalm, ein Laubblatt und ich will nicht alles aufzählen, sondern viele Grashalme, Laubblätter, Küchenabfälle, Eierschalen, Kartoffelschalen, Apfelsinenschalen, Tempotaschentücher und dergleichen mehr müssen es sein. Das alles, ich will es kurz machen, schmeißt man auf einen Haufen, oder wie wir Fachleute sagen: auf den Kompost! So einen Kompost, volkstümlich ausgedrückt Mist, sollte man bis zu dreimal im Jahr umwenden.
Oder wie wir Fachleute sagen: umsetzen! Und das drei Jahre lang.

Nun, beim Umsetzen war ich just, da kamen mir Gedanken! Zum Beispiel: Ich habe schon viel Mist in meinem Leben gemacht, aber so viel Mist, wie ich in einem Jahr in meinem Garten mache, nicht. Und schon sind wir bei dem Herrn Kerner[11]. Es war kein Mist, dass ich zu dem Herrn K. mitgegangen war, da Krug es war, und nicht der Herr K., der mich eingeladen hatte. Sonst wäre es Mist gewesen. Doch Mist wurde es trotzdem. Wie alle diese oberflächlichen, dem Klischee verhafteten Quarkereien. Die dem Markt dienen und dem auftretenden Individuum für den Verkauf dienlich sind, und Krug hatte etwas zu verkaufen, sein Buch.[12] Ich nichts. Zwar bin ich von den sechs Dingen, die mir wichtig schienen, drei losgeworden: die bisherige Unerreichbarkeit des Films[13]; das damalige Verbot des Films und die gegenteilige Weisung von Walter Ulbricht; der Persönlichkeitsmangel unter Gauklern. Aber – wie ich es gesagt hatte, es war Mist! So habe ich, um auf heitere Weise ins Gespräch zu kommen, meine damalige negative Sicht auf meine Rolle des Parteisekretärs bekannt, doch aus heutiger Sicht, die die bessere ist, habe ich den Parteifritzen sehr gut gespielt. Das wollte ich bei Herrn K. auch sagen, habe ich aber nicht. Und der gehetzte, von seinen Spickzetteln ablesende und letztlich uninteressierte Herr K. hat mich nach meiner »Selbstkritik« auch nicht nach dem Logischsten gefragt, wieso, wenn die zweite Hauptrolle schlecht gespielt war, ich den Film dann für den besten hielte. Hier ist der zweite Mist, den ich mir vorzuwerfen habe: Ich hatte gedacht, er fragt das, sonst hätte ich doch nicht meine Bauchschmerzen von damals erzählt. Bin ich Dissident gewesen? Oder gar ein nachträglicher Bürgerrechtsgewerbler. Bitte besorgen Sie sich keine Kassette. Es lohnt nicht.

Nun, es ist passiert und nicht mehr wichtig. Und Sie sind zu Recht erstaunt gewesen; zu so etwas geht man nicht! Nur, Krug hätte ich gekränkt, hätte ich abgesagt. Das war es mir auch nicht wert. Dennoch, ich ärgere mich und – das ist das Wichtigste, es raubt Zeit. Die Tage sind für mich und mein Pensum zu kurz. Sie bemerken es, wenn Sie es sich auch nicht anmerken lassen, ich kann Ihnen nicht jeden Ihrer liebenswürdigen Briefe beantworten, ich kann nicht auf jede Ihrer interessierten Fragen eingehen, ich lasse nicht einmal die freundlichen Damen, die Ihnen bei der Erforschung des Sächsischen helfen (bitte, nehmen Sie das nicht zu ernst) grüßen. Ich habe einfach zu viel zu tun.

So, jetzt gehe ich wieder Mist machen.
Denn, wie wir Fachleute sagen: So ein Haufen muss auch belüftet werden.
Darum das Umsetzen. Mein Gott, was ist der Tag schnell rum.

Ihr Eberhard Esche
… und ein gutes Fest und einen lustigen Rutsch!

Kraatz, 22. Dezember 2003

Liebe Dame,

danke für zwei Briefe in einem. Danke für das Jahr Ihrer Besuche. Danke für Ihren Besuch am 19. Dezember. Es war eine schöne Vorstellung. Das Publikum war von Beginn an dabei. Das hilft natürlich.

Ich denke, diese Kernerkacke sehen Sie richtig. Und – machen wir uns nichts vor, das war nicht von dem Jüngelchen, das war von dem Redakteur. Das sind die Dunkelmänner im Hintergrund, eine gezielte Sache. Ich habe mir vorzuwerfen, dass ich, obwohl ich die Sorte nur allzu gut kenne, bei Vertragsabschluss nicht daran gedacht habe. Gedankenlosigkeit ist nicht mit Gutmütigkeit zu entschuldigen. Nun, es ist gegessen, doch nicht vergessen.

Ich habe ein ganz anderes Problem. Übermorgen ist Weihnachten. Gut, das ist nicht nur mein Problem, das Problem hat das ganze christliche Abendland, noch dazu ich damit überhaupt kein Problem habe. Doch zu Weihnachten isst man auch Gans.

Und – und jetzt das Problem. Ich habe die Gans, doch die Pfanne ist zu klein. Verstehen Sie, die Gans passt nicht in den Topf. Nun sitze ich seit Tagen vor dem

Topf und habe die Gans im Arm. Ich frage Sie, wie soll man da schreiben? In dieser ratlosen Situation? Dass ich jetzt dennoch schreibe, liegt einfach daran, dass ich die Gans einen Moment zur Seite gelegt habe.
Ach, wenn sie doch laufen könnte, wäre ich aus diesem anscheinend endlosen Zustand der Ratlosigkeit befreit. Aber was soll man machen, es ist eben Weihnachten.

Fröhlich dieselbe und einen freundlichen Rutsch
Ihr Eberhard Esche

Kraatz, 29. Januar 2004

Liebe Dame,

danke für Ihre drei Briefe und danke für Ihren gestrigen Besuch im Festungsgraben.[14] Diesen Besuch nehme ich als ein Zeichen, dass Sie mir mein Nichtantworten nachsehen. Doch das müssen Sie auch. Sie hörten ja, mit was ich meine Zeit verbringe, wenn ich keinen Mist herstelle. Ich wiederhole mich, wenn ich noch einmal feststelle, die Tage sind zu kurz. Sie sind es wirklich. Gut, der Verleger drängelt nicht, doch im Frühjahr habe ich keine Zeit für den Computer. Und im Sommer nicht und im Herbst nicht. So wird es noch einmal Winter werden müssen, bis es ein Buch wird.
Nicht aus Neigung, sondern aus Vergesslichkeit musste ich den »Hasen«[15] neulich noch einmal lesen, um Wiederholungen beim »Wer sich grün macht …«[16] zu vermeiden. Denn da beide Bücher keine Autobiographien sind oder werden, sondern nur Skizzen aus dem Leben, doch es immer das gleiche Leben ist, was die Handlung behandelt, sehe ich mich dem Risiko ausgesetzt, hervorgerufen durch die dazwischenliegenden Jahre, manches zweimal anders zu erzählen.

Ja, der letzte *Reineke* war besonders durch das Publikum bemerkenswert. Ich bin danach echt froh nach

Hause gefahren. Es ist doch immer wieder überraschend, wie aufmerksam die Leute die Tagesereignisse verfolgen und beginnen, ihre Schlüsse daraus zu ziehen. Es ist auch bemerkenswert, wie schnell sie lernen. Wie ihnen die Karnevalsbrillen beginnen von den Augen zu fallen. Und wie es anfängt, weh zu tun. Wie ihnen die Gemütlichkeit als Kleidungsstück erscheint, welches, wie für ewig angewachsen, man nicht gern ablegen möchte, doch wenn es kalt wird, als kärgliche Wärmequelle sich herausstellt. Und doch, nicht ungeachtet, sondern gerade der heranrückenden Realität zum Trotze, zur gleichen Zeit der Goethe ein Trost wird. Denn neu ist das nicht, was jetzt vor der Tür steht. Und wenn es nicht neu ist, dann kann es auch überleben. Das zeigt uns der *Reineke* und sein Meister Goethe.

Noch einmal Dank, auch einen Gruß für den Gruß Ihrer Begleitung –
Ihr Eberhard Esche

Kraatz, 24. Februar 2004

Liebe Dame,

es liegen vor mir – inzwischen sind es drei geworden – unbeantwortete Briefe, zehn Seiten. Sie schreiben schöne Briefe, und Sie schreiben auch informative Briefe. Auf vieles, ich wiederhole mich, verzeihen Sie, kann ich nicht eingehen, die Tage sind zu kurz. Und wenn der Frühling kommt – und der kommt, weil er immer gekommen ist –, dann werden die Tage noch kürzer, obwohl sie just da beginnen länger zu werden. Das klingt wie die moderne Hatz, in der sich der sogenannte moderne Mensch gefangen sieht und darüber noch glücklich sein muss, da ihm wenigstens die Hatz noch gegeben ist und er nicht weiß, wie lange sie ihm bleibt, sieht er das Heer derer, die ihre *freien* Tage der Fremdbestimmung einer beliebigen Agentur unterwerfen müssen, die letztlich sich auch an ihre Arbeitsstunden klammern muss, da ihr der Sinn dieser Arbeit mehr als unklar bleibt. Und das ist das Problem, und ich sehe niemanden, der den Menschen in den Industrieländern auch nur die Ahnung einer Lösungsmöglichkeit vorschlagen wollte oder dürfte oder gar brächte. Denn Lösungsmöglichkeiten gäbe es schon, das weiß jedes Kind. Wenn der Pudding für eines zu viel ist, dann teilt man den Pudding mit dem anderen, dann hat jeder Pudding. Das meint, wenn

es zu viel Arbeit für wenige gibt, dann teilt man die Arbeit für viele. Das wäre zumindest die Aufgabe eines Staates, wenn er seine Pflicht erfüllen würde, den Staat zu erhalten.
Doch, wenn auch teilnehmend an dieser Malaise, ist es nicht das Problem, was mich die Tage als zu kurz ansehen lässt. Diese Hatz war mein Problem nie, auch nicht vor meiner Rentnerzeit. Sie wissen, wir aus der Zone haben andere Lebenserfahrungen machen dürfen. Wir hatten eben Glück gehabt. Und ich lese es mit Freuden, dass Sie nicht zu denen gehören, die die Welt in hell und dunkel Gedrucktes glauben wollen. Nein, es ist selbstgewählte Arbeitslust, die mich den Tag gut beginnen und gut beenden und auf den nächsten Tag mit Freude warten lässt.

Danke erst einmal für den Hinweis, bei der Lesung das Papier nicht vor die Nase zu halten. Da haben Sie sehr recht, und ich bemühe mich auch.
Herrn A.s Reaktion ist natürlich hinreißend und, wenn er das so gern möchte, lasse ich ihm mein *Markenzeichen,* die Hänger als inszeniert anzusehen. Unter uns, das sind sie natürlich nicht, weshalb lerne ich sonst so intensiv wochenlang vorher und – das Vergnügen, einen Hänger inszeniert über die Bretter rollen zu lassen, von mir aus zweie, wiegt das Risiko vor dem dritten, dem echten, nicht auf! Nein, über diese Brücke gehe ich nicht. Bitte, verraten Sie es ihm nicht, aber die Hänger sind immer echt. Und meine Ängste vor der Vorstellung und vor diesen sind

es auch. Deshalb versaue ich mir doch die ganzen Wochen vorher durch Textbimsen. Wie sagte der Genosse Lenin doch so richtig: Lernen, lernen und nochmals lernen.

Der wichtigste Ihrer drei Briefe ist wohl der letzte. Der Brief der Historie einerseits und der Fragen andererseits. Es sind Fragen, die Sie, vernünftig wie Sie sind, selbst beantworten. Und die eine Frage, die letzte in Ihrem Brief, beantworte ich Ihnen gern: Wir müssen nicht auf die Wärme oder Rasenbank warten, Ihre Briefe sind mir eine Freude. Die nur getrübt wird durch den mir selbst auferlegten Zwang, auch durch eine ordentliche Erziehung befördert, sie sofort zu beantworten, wozu ich mich aus oben genannten Gründen außerstande sehe. Aber, wenn Sie meinen selbstauferlegten Zwang ignorieren können, so dass ich nicht das Gefühl haben muss, sie wartet vielleicht, ich so also den Gesetzen der Nötigung nicht mehr unterworfen wäre – Ihre Angst, dass sich Ihre Briefe in Wiederholungen erschöpfen können, diese Angst teile ich nicht.
Außerdem in Zeiten von Telefon, Fax, E-Mail und Hatz ist die altmodische Art, sich in Briefen mitzuteilen, weil ungewöhnlich geworden, eine fast wieder modern anmutende Weise. So schreibe ich, dieses nur als *ein Beispiel* genannt, mir mit meinem alten Horst Wenderoth[17] aus Westberlin, ehemals Redakteur beim RIAS und Korrespondent der Zürcher Zeitung – beides war auf antikommunistisch gezielte Aufgaben-

bereiche beschränkt –, mit dem ich seit meinem ersten Lebensmonat auf vertrackte Weise befreundet bin, seit 1989 viele Seiten Briefe. Gesehen haben wir uns, so glaube ich, 1988 das letzte Mal.
Und damit Sie mir auch glauben, womit ich mir die Zeit vertreibe, anbei eine kleine Schreibprobe der letzten Tage. Sie ist erst im Entwurf, also nur als Arbeitspapier, so sagt man wohl, zu betrachten. Mit det Janze will ich im Dezember fertig sein. Habe ich jetzt so an die zweihundertfünfzig unfertige Seiten, werden wohl an die einhundert noch dazu kommen.

Mit gutem Gruß
Ihr Eberhard Esche

Ich bitte, den Befehl der Post zu respektieren und von nun an die Eingemeindung des OT Kraatz zu berücksichtigen und Gransee bei der Anschrift den Vorzug zu geben.

Gransee, 28. März 2004

Liebe Dame,

erst einmal schnell ein paar Zeilen zu den zurückliegenden Briefen, sonst denken Sie, Ihre Briefe haben mich nicht erreicht, die Post wäre zögerlich geworden. Die Deutsche Post ist nicht zögerlich *geworden,* sie *ist* zögerlich. Mal mehr und mal weniger. In der DDR war das Zögerliche ihr Wesen, jetzt fiele es, wenn sie unpünktlich ist – das ist sie dank westlicher Effizienz nicht –, als ein Unwesen auf. Aber das wäre ungenau. Es widerspricht diese Behauptung – ungeachtet der jeweiligen Schwankungen denen die Welt unterworfen ist, selbst in den Operetten taucht diese Wahrheit auf – nicht der eigentlichen Unveränderlichkeit ihres Wesens: Sie eben mal schnell ist oder mal nicht schnell ist, mal kommt sie und mal kommt sie nicht. Jetzt kommt sie meistens in der Taiga an, was mir recht ist. Dennoch, jede Zeit hat ihre Merkwürdigkeiten, doch das eigentliche Wesen zeigt, im Prinzip, immer die gleichen Erscheinungsformen. Bürokratien sind eben so.

Ohne Bürokratie kommt ein Staat nicht aus. Denken Sie mal alleine an das Finanzamt. Und dass die Steuergelder eine Vorliebe zum Fensterflatter haben, das macht wiederum das Wesen eines Staates aus.

Mal flattert mehr, mal flattert weniger, siehe obiges Beispiel Deutsche Post. Der Charakter eines Staates entspricht seiner Klientel. Mal zeigt sie mehr Charakter, mal weniger. Meistens weniger. *Wie der Herre, so's Gescherre.* Wäre die Klientel nicht so beschaffen, dann brauchten wir den Staat ja gar nicht. Der Staat ist eine Behinderung, damit meine ich nicht die zitierte Schwerbehinderten-Toilette, die Mehrzahl der Staatsbürger ist ja nicht schwerbehindert. Behindert aber schon. So brauchen sie den Staat. Der Staat hält, wenn auch mit verbundenen Augen, die Waage zwischen den wenigen Vielhabern und den vielen andern. Das mögen, auch wenn die Blindheit schmerzt, letztlich nur die andern. Aus dieser Logik heraus hat Kohl sofort nach der Abschaffung der DDR von der Verschlankung des Staates gesprochen. Da hatte der Kohl aber nicht die andern im Blick. Als ich damals warnte, das hieße nicht Abschaffung der Behinderung, sondern Abschaffung des Staates und damit mache man die Klientel zum Freiwild der Vielhaber, glaubte mir zu jener Zeit fast niemand. Nun wird diese Erkenntnis langsamerhand Allgemeingut und man beginnt zu klagen: *Jetzt nimmt man uns den letzten Schutz weg.*

Ich sage das zum Schutze eines Staates, der nicht zu den von mir gewünschten Staatswesen gehören kann. Also haben Sie Glück, wenn Sie noch ein Bullauge haben und die Aussicht auf einen Fluchtweg. Möglicherweise ist es eine brennende Treppe. So bliebe nur der Sprung aus dem Fenster. Müssten Sie aus dem

Fenster springen, wird unten bestimmt noch immer die Feuerwehr stehen und spannt ein großes, rundes Sprungtuch. Wenn Sie dann oben im Fensterrahmen stehen, werden (so stabil ist dieser Staat noch) noch immer die Feuerwehrleute rufen: Springen Sie! Noch haben wir also einen Schutz. Wenn die Feuerwehrleute aber rufen, bevor Sie springen: Haben Sie Ihre Steuern bezahlt?, dann ist der Schutz weg und wir erkennen, dass wir endlich Kohls Verträumung in Wirklichkeit haben. Eben den verschlankten Staat. Denn von den Taillenmaßen bei der Schlankheitskur spricht ja keiner und hat auch nie einer gesprochen und will auch keiner wirklich wissen. Also nehmen Sie die Idiotien des noch vorhandenen Staates hin und damit die Chance, in den Teeküchen die Füße zu waschen und manchmal sogar nur mit Wasserabfluss und ohne Wasserzufluss. Des Staatswesens Bürokratien sind hirnrissig, aber immer noch besser als nicht vorhanden. Der Staat ist eine Krankheit und die Welt ist ein Krankenhaus. Damit sieht sie immer noch besser aus, als wenn sie, was ihr bevorsteht, ein Lazarett geworden ist.

Das ist ein schöner Übergang zu Ihrem lieben Brief vom 21. März und Ihren Überlegungen zur Arbeitsteilung. Natürlich haben Sie recht mit der Ungleichheit der Fähigkeiten. Jeder Mensch ist zwar ersetzbar, aber nicht jeder Posten ist gleich zu besetzen. Dieses Problem wird gerade jetzt deutlich sichtbar bei den Regierenden der Welt. Ich war kein Verehrer von dem

Herrn Franz Josef Strauß. Er war ein Feind der DDR, also war er nicht mein Freund. Aber als Feind hatte er doch noch Format. Allein das Milliardending, die DDR an den Tropf zu hängen. Gute Klasse. Zwar war es mit den Honeckertröpfen nicht allzu schwer, sie dranzukriegen, aber wir sahen, auch der Strauß war von Tröpfen umstellt, sonst wäre er für diese vermeintliche Hilfestellung nicht von seinesgleichen, seinerzeit, so angefeindet worden. Es scheint, mit dem Verenden des Sozialismus als Staatsform sind auch dem Kapitalismus die Politiker von Format abhanden gekommen. Ganz in der Ferne sehe ich auf einer kleinen stickig heißen Insel noch einen alten bärtigen Mann mit Käppi mir die gute Erinnerung an ähnliche Leute hervorrufen, wie an den de Gaulle, den Adenauer, an den Ulbricht. Es ist der Fidel auf Kuba. Na ja, bald kommt der Gevatter auch.

Und nun, liebe Angela, sehen wir uns die Nieswurze an, die jetzt das Sagen haben, ach was, das Nachplappern haben. Dass sie korrupt sind, das stört, entspricht aber dem Wesen des Staates, da kein Staatssystem ohne Korruption bestehen kann. Das eine mehr, das andere weniger. Wenn wir in Italien die Mafia abschaffen, wie funktioniert Italien dann? Ich stelle das nicht als Frage. Hier, in den *zivilisierten* Zonen, heißt die Mafia Großkapital. Was heißt, dass das Letztere legalen Beschäftigungen nachgeht. Auch wenn sie sich untereinander hin und wieder ein bissel reiben, wie jüngst Mannesmann und Vodafone. Nein, der

Säulen der Demokratie sind viele. Sie ist nun mal seit ihrem Bestehen, ich denke, seit Athen, alles andere als ein ideales Staatswesen. Aristoteles, der Lehrer von Alexander von Mazedonien, nannte die Demokratie sogar das Chaos und damit den ewigen Geburtshelfer der Diktatur. Das sagte der vor 2300 Jahren. Die Menschheit hat also schon allerhand Wechseleien, sprich Wiederholungen, hinter sich gebracht. Oder glauben Sie, dass alles so bleibt, wie es ist? Vorwärts zum Wesentlichen. Wesentlich sind nicht die mickrigen Honorare der Vergütung, für die die heutigen Staatsdiener Verrat leisten, sondern dass sie nur eine Seite verraten. Talleyrand nahm von allen und verriet alle und machte so seine Politik. Und Politik war das schon, auch wenn er, ein Feind Napoleons, nicht mein Freund war. Dennoch, der Wiener Kongress war seinerzeit eine gelungene Friedensveranstaltung. Mir wäre der Napoleonische Frieden lieber gewesen als der Metternichsche, aber was soll's, hatten wir also *den*. Er hielt immerhin, wenn auch recht und schlecht, innerhalb Europas etwas über vierzig Jahre. Nun, in der Jetztzeit mit diesen Gartenzwergen weltweit den Frieden zu bekommen? Ich bin heute lieb gestimmt und setze ein Fragezeichen.

Zurück zur besseren Verteilung der Arbeit. Jetzt haben wir, wenn wir von den Tricks der Statistiken absehen, um die acht Millionen Arbeitslose. So viele hatte das zweite Deutsche Reich schon mal 1932. Die waren und sind nicht alle *dusselig wie Schifferscheiße.*

Und selbst wenn sie es wären, wie anders geht man ein solches Problem an? Ich freue mich auf Ihre Antwort.

Eben segelt Ihr Zorn vom 30. März ins Haus. Tja, was soll ich damit anfangen? Sie bleiben freundlich, ich bleibe es auch. Ich fange mit dem Anfang an. Anfrage des Senders an meine Agentin, ob ich zum Thema Balladen zu einem Interview kommen würde. Es war nicht die erste Anfrage, doch war es, nach vielen Jahren der Verweigerung, meine erste Zusage. Ich frage, wie lange soll das Gespräch dauern, eine halbe Stunde ist die Antwort. Also sage ich zu und habe drei Tage vor der Sendung lange, einführende und sich wiederholende Vorausgespräche mit einer Redakteurin des Senders, welche die Vielzahl der Themen behandelt, die sie von mir zu hören wünschte. Ich schränke ein, wegen zu umfangreicher Simplizität ihrer Vorstellungen, und sage, was ich zu sagen vorhabe, und nenne die Säulen meiner vorzutragenden Absichten. Das sind: der Stoff, die Zuschauer, die Deutschlehrer. Und auf die lustige Frage, ob ich auch den *Hasen im Rausch* sprechen würde, was ich ablehne, aber stattdessen, den Hauptgegenstand meines Wirkens, mit *edel sei der Mensch, hilfreich und gut* mit zwei Strophen andeuten wolle, auf Befremden stoße. Auf das Befremden antworte ich, dann können wir das Ganze lassen, da somit nicht dem Grund meiner Zusage entsprochen würde. Die Redakteurin entschuldigte sich, um Rückfrage zu nehmen. Sie nimmt und ruft eine Stunde später zurück, ja, so soll es dann sein. Ich treffe im

Sender ein und man sagt, es wären nur zehn Minuten vorgesehen. Ich plage mich nun nicht mehr mit dem Gedanken der sofortigen Rückfahrt herum, das ist die Disziplin, die auf mein Herkommen zurückzuführen ist, das macht man nicht. Also gehe ins Studio und – dann sind es fünf Minuten geworden. In diesen Minuten habe ich Kurzfassungen untergebracht. Mein Vorhaben schrumpfte zu Andeutungen. Ich freue mich, dass Sie den Lenin in seiner ganzen Länge hören wollten, das ist ungewöhnlich, da die meisten Westmenschen, um Thomas Mann zu zitieren, *der Grundtorheit des zwanzigsten Jahrhunderts* vierzig lange Jahre, wenn wir die Nazizeit nicht mitrechnen, *dem Antikommunismus*, ausgesetzt waren, und es spricht für Sie, dass Sie sich dieser Torheit verweigern. Doch kann ich mich nicht ganz dem Eindruck hingeben, dass sich Ihr Zorn, den Sie niedlich Meckerigkeit nennen, auf die Schrumpfung von Lenin bezieht.
Sollte er sich auf meine Andeutung von Westberliner Besuchern und ihres politischen Munterwerdens und damit der dämmernden Erkenntnis, wovor sie bisher die DDR geschützt hatte, beziehen, dann wäre mir Ihr Zorn ein wenig verständlicher. Denn über dieses heikle Thema sollte man sich wahrhaftig nicht in huschenden Andeutungen ergehen, da haben Sie vollkommen recht. Jedenfalls sollte man unter den Bedingungen, die in den Medien herrschen, sich gegenüber Menschen, die ihr Theaterglück im Osten suchen, äußern. Lassen Sie mich darüber, auch kurz gefasst, das Folgende zu einer ungelenken Rechtfertigung sagen:

Nach dem Mauerbau war es vor allem das Berliner Ensemble, das sich der Westbesuche erfreuen konnte. Wir am DT freuten uns dennoch, wenn wir auch mal frequentiert wurden. Nach dem Mauerfall, wir hatten längst unsere Qualität verloren, wurden wir dann doch noch entdeckt, und ich fand es mehr als unpassend, wenn innerhalb des DT verallgemeinernd über Steglitzer und Zehlendorfer Zahnärzte und Rechtsanwälte kokett gelästert wurde. Ich bin kein Freund dieser Veruneinigung, die Einheit genannt wird, doch jeder neue Zuschauer ist ein Gewinn. Das sage ich unter der Voraussetzung, dass die Zuschauer gutes Theater vorgesetzt bekommen. Äußerst selten dafür das Fernsehen zu benutzten, um für meine Abende zu werben, halte ich für legitim. Einerseits. Andrerseits, ich vergesse doch jedes Mal, wer im Sender das Sagen hat. Diese Vergesslichkeit besaß ich schon in der Kleinen Unvollendeten, das war, ungeachtet heutiger Hetzereien, nicht weiter bedrohlich, jetzt, bei den Lettow-Vorbecks schon.

Wenn mich Ende November 2003 Krug einlud, dann war ich *seiner* Einladung gefolgt, dass die Hamburger Redakteure, die kleinen Unsichtbaren, mich dann eine dreiviertel Stunde hinter der geschlossenen Türe, die ins Studio führt, im Dunkel stehen ließen, hätte mich lehren müssen, dass die Praxis nicht von Krugs Zutraulichkeit – wenn man bereit ist, der zu trauen – bestimmt wurde.

Hier, im vorliegenden Falle, ist es so, dass die Zusammenlegung von SFB und ORB Krieg gibt im rbb.

Allen Ostlern können die neuen Herren nun mal nicht mit dem Gauck kommen. Oft sind die befreiten Farbigen einfach noch zu jung, um enttarnt zu werden, also müssen sie sich auch mit deren Vorschlägen konfrontieren lassen. Doch das tun die Damen und Herren auf ihre ungelernte Weise. Ich sage es ungern, aber oft: Mir wäre lieber, wir wären von Portugiesen oder Spaniern besetzt worden, die über Erfahrungen im Kolonialwesen verfügen, als von ungelernten Kräften auf das Tölpelhafteste regiert zu werden.

Zum Schluss dieses unangenehmen Kapitels meines eigentlich lieben Briefes noch dieses: Nach der Sendung kam der Tontechniker auf mich zu, befreite mich von meinem kleinen Mikro und sagte danke, Sie haben uns aus der Seele gesprochen, als Sie davon sprachen, dass es die Existenz der DDR war, der die Westdeutschen ihre sozialen Errungenschaften zu verdanken haben. Aber, so fuhr er fort, Sie hätten mal oben die Gesichter von den Westchefs sehen müssen. Danke, sagte der junge Tontechniker, der noch Arbeit hat.

Und nun zu fast allerguterletzt:

In dubio pro reo. Im Zweifel für den Angeklagten.

Sie haben Recht, da geht man nicht hin.

Eigentlich wollte ich auf Ihre in der gezeigten Vertrautheit mich ehrenden, biographischen Auszüge eingehen, aber wenn ich morgen nicht den Brief zur Post bringe, dann glauben Sie schließlich wirklich, die Post wäre wieder auf das DDR-Tempo zurückgefallen.

Doch ungeschrieben lasse ich das Vorgehabte nicht, nur ein bisschen liegen. Und nun beschreite ich fürbass den Weg Ihres Vorschlages und widme mich der Gartenarbeit. Nicht, weil ich das besser kann, sondern weil ich das auch kann.

Ihr Eberhard Esche

Gransee respektive OT Kraatz,
am 23. Mai 2004

Liebe Angela,

vier unbeantwortete Briefe habe ich vor mir liegen, wenn man vom kurzen Dankeschön für die 225 Füchse absieht, für die ich den Dank noch einmal von Herzen wiederhole und die die bessere Leistung als mein, an jenem Abend, gebotener *Fuchs* waren; nicht nur klebemäßig gesehen, sondern sie waren vor allem sehr lieb gedacht.[18] Sicher hatte ich den *Fuchs* gut begonnen, doch dann ging mir die Luft aus, es wurde routiniert, außer beim Achten Gesang, ich wurde zu schnell und fing mich erst am Ende wieder ein. Doch was soll's, es ist die Vorstellung von gestern eine Vorstellung von gestern. Und die Scham bis heute hilft der Vorstellung von morgen.

Doch nun sitze ich vor vier nicht beantworteten Briefen und säße übermorgen noch davor, wenn ich auf alles freundlich Vorgebrachte die notwendige Erwiderung zu finden suchte. So werde ich auf weniges eingehen. Das müssen Sie bitte nachsehen. Ich schiebe die Reduzierung auf die Zeit. Nicht auf die Zeit, die verbleibt zum Leben, sondern auf die Zeit, in der wir leben.

Ich danke für Ihr Vertrauen, dass Sie mir etwas aus Ihrem Leben anvertraut haben. Sie hatten einst einen Blick hinter die Fassaden der Gutbürgerlichkeit geworfen und am Ende Einsichten gewonnen. Und Sie wissen nun, die Einsichten sind das Wichtigste. Einsichten halten vom lebenslänglichen Klagen ab. Und das ist das Feine an Ihnen, Sie neigen nicht zum Klagen. Es ist lange her, da war auch ich in das Gut- oder Großbürgerliche einbezogen. Hier war zu erleben, dass man nicht nur nach außen freundlich tat, sondern auch nach innen. Der Bazillus der Lügenkrankheit hatte hier sein ungeimpftes Bett gefunden und alle Beteiligten durch tätige Heimlichkeiten aus dem seelischen Gleichgewicht geworfen. Lebenslang. Das Nichtaussprechen von Schwierigkeiten im Zusammenleben zeigte sich hier als Harmonie-Erhalter genauso hilflos, wie das Aussprechen der Probleme anderenorts sich als zerstörerisch erwies. Doch das allein auf den gesellschaftlichen Status zu schieben ist simpel. Die einen saufen heimlich, die anderen öffentlich, das zieht sich durch alle Klassen. Und der Schoß der Familie als Ideal soll getrost das Ideal bleiben; mit der Realität umzugehen ist jedes Menschen schwere Arbeit, die ihm niemand abzunehmen hat.

Ich wählte zum Ende hin, wozu ich schon immer neigte, die Heiterkeit als Großherrscher aus. Also, da lese ich doch, um ein Beispiel herbeizuholen, gestern in einer meiner Frühstückszeitungen ein Interview mit Frau Ranke-Heinemann, der Theologin und

Konvertitin, einer lustigen Person. Sie zitierte ihren Vater, den einstigen Bundespräsidenten Gustav mit einem seiner geistreichen Nonsenssätze. Der Gustav Heinemann sagte einst: »In diesem Hause denkt jeder nur an sich. Ich bin der Einzige, der an mich denkt!« Und da schon am Morgen das Lachen gesundheitliche Auswirkungen haben soll, habe ich schon am frühen Morgen, ich stehe so gegen 6 Uhr 30 auf, ausgiebig über diese Erkenntnis gelacht und bin so heiter gestimmt zum Maikäferkillen gestapft. Das allerdings macht, auf Dauer, wiederum schlechte Laune. Die sich ebenfalls, auf Dauer gesehen, nicht positiv aufs Gesamtbefinden auswirken soll. Nun werden Sie wie alle Städter ausrufen: »Ach, Maikäfer, diese lieben Kindheitserinnerungen, wir haben sie immer in die kleinen Schachteln gesteckt und ein grünes Blatt zum Knabbern dazugelegt und Löcher in das Schächtelchen oder Döschen gestochen, damit sie Luft kriegen, die niedlichen Tierchen … Und die stampfen Sie tot?« Ja, liebste Tierfreundin, die stampfe ich tot. Ich gehe mit einer langen Stange an die hohen Bäume und schlage in die Äste, oder ich schüttle die jungen Bäume und lasse sie Maikäfer regnen. Tausende! Und die bringe ich dann um. Und erwische damit nicht einmal eine einzige Kompanie der riesigen braungedeckelten Monsterarmee. Es sind Milliarden der gefräßigen Ungeheuer, die kahle Eichen, Ahorne, Kastanien und Buchen hinterlassen. Selbst in meine schwarzen Johannisbeeren gehen sie, in die Johannisbeeren, die so gesund sein sollen, voller Wirkstoffe und so. Doch die Bäume, durch die Jahrtausende gewitzt, haben das Überleben gelernt. Denn da sie die Blätter brauchen, erzeugen sie die Nottriebe, und schon in wenigen Wochen sind sie wieder grün. Alles gut? Ja, bedingt. Der Notaustrieb kostet Kraft, und die braucht der Baum, denn es gibt ja nicht nur die Maikäfer, es gibt ja auch das maikäferähnliche Wesen, den Menschen. Doch nun gehe ich zu weit, und wie ich das mit den Menschen alias Maikäfern meine, und meine Ansichten sind schmerzlich gewonnene Natur- und Gesellschaftseinblicke, das erzähle ich Ihnen, wenn Sie an Ähnlichkeitsmerkmalen interessiert sind und mal wieder zu Besuch kommen, am Baume selbst. Also bleibe ich bei den Maikäfern ausschließlich: Und – wir haben diese heuschreckenähnlichen Plagen schon viele Jahre hintereinander. Mal sind es weniger, mal sind es mehr. Dieses Jahr waren es mehr. Eine See voll Plagen. Doch langsam fallen sie, ihr Geschäft des Fressens und Vermehrens vollbracht, ohne mein Zutun, tot von den Bäumen. Sie heißen Maikäfer, weil sie nur im Mai ihren Auftritt haben. Haben Sie das gewusst? Ihre Funktionen hat ihnen der Weltenschöpfer nur im Wonnemonat Mai vorbehalten, und die haben sie nun erfüllt. Doch keine Sorge, die Vollendung ihres Geschäftes, die totale Vernichtung, überlassen sie ihrer Nachkommenschaft, den Engerlingen. Die hatte der liebe Gott in seiner unendlichen Weitsicht übersehen. Diese lieben, weißen, knuddeligen Würmchen gehen nicht an die Blätter, Gott sei Dank, die gehen an die Wurzeln. Das sieht man nicht und ist getröstet. Den Trost des Unsichtbaren braucht man auch, denn neue Gefahren nahen: Der Eichenwickler und der Frostspanner sind schon da, denn sie lieben nur die jungen Eichenblätter, die Feinschmecker, die, das ist so was wie Kaviar für die niedlichen Tierchen, vorausgesetzt die Maikäfer hatten ihnen etwas von den Delikatessen übrig gelassen und – die Miniermotte ist unterwegs. Es ist, als wäre die Büchse der Pandora mal wieder weit geöffnet. Und dass das Miniermottchen nur die weiß blühenden Kastanien befällt, zeigt das Desinteresse der Zeitungsschreiber an der Realität, welcher auch immer. Das Pack schreibt ja auch: »Ach, die süßen Maikäfer! Ach, die süße Feldbusch! Ach, wieder keine Frau als Präsident!«

Wissen Sie, wie ich die Miniermotte nenne? Wir haben sie das vierte Jahr. Und die Zeitungen meinen, sie käme vom Balkan. Wenn dem so ist, dann frage ich mich das Folgende: Als wir mit dem Balkan noch mehr oder weniger für alle Ewigkeit befreundet waren, hatten wir die Miniermotte nicht. Doch nun? War da vor drei oder vier Jahren, dahinten, nicht irgendsowasamBalkan, oder sind es wieder die Türken? Natürlich, da beschlossen die Schröder und Fischer historisch zu werden, legten ihre *Pappnasen* ab und wurden Kriegsverbrecher. Und wie nenne ich nun die Miniermotte? Serbiens Rache für Kosovo am deutschen Wald. Ich verlasse die Weltlage und wende mich ihr erneut zu.

Sie schreiben von der Demokratie und der Notwendigkeit der starken Hand. Nun, die hatten die sogenannten Demokratien – oder sagen wir besser, die kapitalistische Welt – auch vor 1989 schon. Nur die Menschen außerhalb Asiens, Südamerikas und Afrikas, also der gesamte Rest der Welt, spürten das nicht so. Den unbarmherzigen Gesetzen des Marktes wurde der Ägishelm des Regin aufgesetzt. Sie wissen aus den *Nibelungen*, Regin ist der Zwerg, der immer den Siegfried verhaut, bis der ihm den Ägishelm, der unsichtbar macht, klaut. Die Marktgesetze behielten zwar ihr Primat, aber mehr unter der Hand – oder historisch genauer gesagt, mehr unter dem Helm, also etwas unsichtbarer. Oder ich bemühe ein schönes romantisches Bild: Der Wolf fraß Kreide. Die vollkommene Unsichtbarkeit gelang dem Wolf zwar nicht, aber wohl die hohe Stimme. Warum hatte der Wolf Kreide gefressen? Der Wolf musste Kreide fressen, weil es die bösen Kommunisten gab. Das vereinigte die Kapitalisten aller Länder, und sie waren, ganz gegen ihre Art, lieb zueinander. Denn ihre Habgier ließ sie zwingend an die Tücke der Russen glauben.

Es war das »Reich des Bösen«, welches dem Kapitalismus einerseits Zaumzeug anlegte und ihn andererseits zu Höchstleistungen anspornte. Davon hatten die Menschen, die in den Demokratien lebten, durchaus Nutzen. Die im Westen etwas mehr. Die im Osten anscheinend etwas weniger, da der Mensch leicht dazu neigt, das Gewonnene für ewig sicher zu halten, wie zum Beispiel die sichere Arbeit und das sichere

Dach, die sichere Schule für die Kinder und das sichere Gesundheitswesen für alle, so gewöhnte er sich daran und hält das Gewohnte für selbstverständlich und vergisst es zu schätzen und – zu erhalten. Und so vergaßen – auf dem langen Weg zum Frieden auf Erden – die blöden Kommunisten ihre welthistorische Aufgabe und fielen schließlich selber auf die Kreidefresser rein. Doch die westdeutschen Gewerkschaftsführer sagten bis kurz vor Ende der selig entschlafenen Zeit: »Bei unseren Verhandlungen saß immer ein unsichtbarer Dritter am Tisch, das war die DDR.«
Nun, die gibt es nicht mehr, und nun haben wir den ungezähmten Kapitalismus, von dem schon der deutsche Klassiker Karl Marx sprach, den man ja auch schon vergessen wähnte. Und die Krallen und die Zähne des Raubtiers spürt der Bürger nun zunehmend. Vornehmlich der Bürger aus den westlichen Demokratien, denn der glaubt ja mehr verloren zu haben als die anderen.

Sie, beste Angela, sprechen von *verkümmertem Rückgrat und stumpfen Gesichtern,* also suchen die so Verkrüppelten Schuldige. Wer könnte das wohl sein? Na, die sogenannten Neuen Länder böten sich da an. Wenn man die Großen Herren nicht hängen kann, dann nimmt man eben die Kleinen. So denken die Kleinen. Und das gefällt den Großen. Dass die Engländer, Franzosen, Spanier, Belgier und wie sie alle heißen keine *Neuen Länder* aufzuweisen haben und, obwohl die gleichen Probleme, keine Schuldigen im eigenen Lande finden wollen, stört den deutschen Spießer nicht. Ein Vorurteil muss her, und wenn's das eigene Fleisch ist, da denken die ganz europäisch.

Was stört den Kapitalismus eigentlich an der Demokratie, die ihn schließlich erfand und stützt? So wie es in den Kirchen gefährliche Menschen gibt, die Gottes Wort beim Wort nehmen und also Gott glauben, so gibt es in der Demokratie gefährliche Menschen, die an die Demokratie glauben. Und da es nach wie vor Gesetze gibt, auf die sich die Gläubigen berufen und die die Gläubigen schützen, ist die Folge für die herrschenden Verantwortlichen, um die Widersacher zu entmündigen, die Gesetze wegzuputzen. Einer dieser unbelehrbar Gläubigen, Herr Heiner Geißler, hat den Vorgang als solchen erkannt und predigt nunmehr in der Wüste, ähnlich wie der kleine Herr Blüm, aber tapferer als dieser, schließlich ist er auch ein Bergsteiger, dass man beim Modern Dancing um das Goldene Kalb die Gesetzestafeln von Moses verloren hat. Der Mann hat recht und offenbart sich als Nichtfreund der Neuen Herrscher, die just damit beschäftigt sind, den Helm, der unsichtbar macht, abzusetzen. Doch der Christdemokrat Geißler, der sich zum Kapitalismus bekennt, ist ein harmloser Gegner, dagegen braucht man keine braunen Bataillone. Wir haben nicht die Weimarer Republik mit einem starken Potenzial von linken Sozialdemokraten, liberalen Leuten des Zentrums, aufrechten Christen und einer funktionierenden Kommunistenpartei. Der neue Faschismus kommt mit Nadelstreifen aus und vorläufig kleinen Siegesmeldungen von der Front. Bitte lassen Sie sich nicht irritieren, wenn im Moment die deutsche Front von Friedenshilfen kündet. Der Irak ist dem Globalisierungswahn zum Fraße geworden. Und an der Globalisierung nehmen die Kriegsverweigerer Frankreich und Deutschland ja teil.[19] Oder finden Sie, die – ohne feindliches Feuer – just stattfindende Einverleibung der Länder vor Russlands Grenzen sei keine Globalisierung? Schließlich können wir nicht rufen: heim ins Reich. Nein, das noch nicht. Globalisierung ist die neue Tarnkappe. Der alte und vertraute Name lautet Imperialismus. Und da hätten wir sie wieder, die ewigen Wiederholungen in der Geschichte der Menschheit. Bisher hat die Gattung das überlebt.

Liebe Brieffreundin, Sie schreiben, den Mitmenschen sollte das *Gefühl* vermittelt werden des *gemeinsam sind wir stark.* Und Sie meinen damit, so denke ich, das Staatswesen, in welchem wir uns befinden. Das ist richtig. Das müsste gestärkt werden, denn es ist bedroht. Nur eben von wem? Das ist die Hauptfrage. Von der Minderheit der Faulen, Unfähigen, also von den Behinderten? Die konnte der Staat bisher ertragen, ohne in die Gefahr des Untergangs zu geraten. Wieso also jetzt der Ruf nach der Solidarität? Ist etwa kein Geld mehr da? Nun, die Börsennachrichten vermelden davon das Gegenteil. Dennoch sehen wir es mehr und mehr aus unseren Taschen schwinden. Hat sich das Geld auch unter der Tarnkappe versteckt? Wenn ich lese, dass 80 % der polnischen Banken (und ähnlich soll es im Zeitungsgewerbe sein) schon vor der Einverleibung in deutscher Hand waren, dann kommt mir der Gedanke, dass man sehr viel mehr Geld braucht, wenn der Wolf zum Allesfresser wird. Auch muss man die neu hinzugekommenen Länder schützen. Das kann man doch nicht mit Pappkameraden. Es gilt auch hier, wenn auch weniger lustig, Heinemanns Satz: »In diesem Haus denkt jeder nur an sich. Ich bin der Einzige, der an mich denkt.« Noch üben die mächtigen Interessengruppen die Macht aus mittels der Handlanger, die austauschbar sind. Noch braucht man die käuflichen Staatsdiener, von welcher Partei auch immer. Wie anders ist die Existenz der Glattjacken, deren Gesichter ich nicht mehr ertragen kann, zu verstehen. Was dem Volk fehlt, ist jetzt nur ein Gesicht, an das man glauben kann. Also repariert man an Regins Ägishelm herum, um unsichtbar zu bleiben, und sucht stattdessen nach dem sichtbaren Gesicht oder sagen wir Führer, an den die Massen glauben können, um dann in geduckter Zufriedenheit das Leben zu genießen, getröstet von dem Wissen, den anderen geht's ja noch viel schlechter als uns (für die anderen müssen immer die armen Farbigen herhalten), um anschließend, wenn sie, wie auch immer und wann auch immer, die begangenen Verbrechen in Erfahrung bringen, sagen zu können: Das hat der Führer nicht gewusst! Liebste Angela, das habe ich alles schon einmal erlebt.

Kriegen wir diese Verhältnisse, und die kriegen wir ganz bestimmt, dann kommt die *Nachbarschaftshilfe* von ganz allein, und ganz ohne DDR. Wissen Sie, was dann entsteht? Dann entsteht das Märchen von der DDR. Da erst wird die Verklärung ihre romantische, also reaktionäre Form annehmen. Nicht nur den Semisibiriaken, sondern auch für die Semieuropäer. Dann wird man sagen: Es hat Atlantis doch gegeben. Und die Großmütter raunen: Es war einmal …

Doch die DDR war kein Märchen, sie hatte sehr demokratische Gesetze, und mit starker Hand – oder sagen wir richtiger, mit starkem Kopf – funktionierte sie auch. Doch sie war von Menschen gemacht, und sie wurde von Menschen umgebracht. Nun stehen wir im Sauregen der Veruneinigung und verteufeln die Kleine Unvollendete oder vergöttern sie – und beides ist kindisch.

Nein, genauso wie in der Bundesrepublik Deutschland nicht alles schlecht war, war es nicht alles gut in der Deutschen Demokratischen Republik. Aber sie war die Verwirklichung eines alten Menschentraums, angefangen von Moses mit seiner Warnung vor dem Tanz um das Goldene Kalb, fortgesetzt mit dem Herrn Jesu und seinem am Kreuze endenden Versuch, die Bankiers aus dem Tempel zu jagen, bis hin zur unvollendeten Revolution von 1789. Der Sozialismus als Staatsform war mit allen Nachteilen versehen, die aus solchem Unterfangen nun einmal entstehen. Aber er war eine große Sache. Jedoch eine Idylle, wahrhaftig, das war sie nicht, die Kleine den

Bach Runtergegangene. Und schon gar nicht eine Nische, wie sie der Nischenbewohner Günter Gaus[20] einmal nannte.

Liebe Angela, Sie merken, ich bin ins Ausschweifen geraten. Eigentlich wollte ich nur schreiben, dass es nicht regnet und ich darum nur im Garten bin und infolgedessen nicht zum Schreiben komme. Doch nun regnet es seit gestern, und seit gestern sitze ich am Brief und hoffe, dass er Sie aus der Verstimmtheit, in die er Sie hie und da schicken könnte, durch Wiederlesen wieder rausholt. Denn das muss ich zum Schluss doch noch sagen: Ihre Briefe sind der Beweis, dass die vierzigjährige Fremdheit zwischen den deutsch sprechenden Menschen diesseits und jenseits der Elbe und all den anderen Flüssen nicht in die Ewigkeit gezogen werden muss. Und ich weiß wohl, dass Ihnen bei der Bereitschaft zum Gutwill einiges abverlangt wird. Doch es ist nun mal so: Ihr aus dem Westen kennt nur ein System, wir aus dem Osten kennen nun beide. Das bringt uns, den Ostzonenbewohnern, einen Heimvorteil gegenüber den Westzonenbewohnern. Und dass ich den Heimvorteil ausgespielt habe, wie die Überlänge des Briefes beweist, finde ich nicht ganz fair, aber nun steht es mal da und ich hoffe, Sie bleiben mir wohlgesonnen.

Ja, das letzte *Wintermärchen* war gut. Ich war locker, wie lange nicht oder wie noch nie, und bin recht froh, so wie Sie nach Hause, durch den Wildwechsel, gekommen.

Ach, und eh ich es wieder vergesse. Einmal hatte ich Sie doch für eine Vorstellung eingeladen und dann hatte ich es immer wieder vergessen zu wiederholen. Das hole ich nun nach. Es sieht so aus, dass am 18. Oktober das *Wintermärchen* dreißigjährigen Vortragstag hat. Würden Sie da mein Gast sein? Ich täte mich freuen. Genauso, wenn Sie es im Sommer mal wieder einrichten könnten, meinen schon wieder verbesserten Gartenpark zu bewundern. Im Übrigen ist auch die Inneneinrichtung respektabel, die ich noch nie die Gelegenheit hatte, Ihnen zeigen zu können.

Seien Sie lieb gegrüßt
Ortsteil Kraatz, in dem es nun schon der 24. Mai im Abend geworden ist.
Auf Wiedersehen
Ihr Eberhard Esche

Kraatz, 28. Juni 2004

Liebe Angela,

das hier ist kein echter Brief, es ist auch keine Antwort auf Ihre liebe Post, es ist in Eile. Die Eile rührt nicht daher, dass ich zum Beispiel in den Urlaub führe, sagen wir nach Machorka, welches nicht, wie der Name ahnen ließe, zu einer marokkanischen Inselgruppe gehört, sondern ein russischer Tabak ist, in den man also nicht in den Urlaub fahren kann, weil ich überhaupt nicht in den Urlaub fahre, aus dem einzigen Grund heraus, weil ich mich immer im Urlaub befinde, daher rührt die Eile.

Glauben Sie auch nicht, dass ich noch Maikäfer jage, die sind nun alle tot. Auch die Miniermotte ist nicht mein Ziel, außer dass ich machtlos und fast apathisch beobachte, wie sie die Fähigkeit besitzt, im Juni den Herbst heraufzubeschwören, denn die Blätter betroffener Bäume werden schon braun. Insofern wäre es angebracht, daran zu erinnern, dass, wenn wir Ihren Besuch noch länger hinauszögern, Winter ist. Auch keine schlechte Jahreszeit, nur ungünstig, um im Garten einen Tee zu trinken.
Nun zeigt sich im Moment – der Siebenschläfer ist just vorüber und weist prophetisch in die Zukunft, dass sich momentan, so wie in der Weltgeschichte,

nichts ändern wird –, dass das Wetter ein, bis auf die braunen Stellen, grün angestrichener Winter ist. Aber nichts bleibt, wie es ist, in diesem Wissen verstehen wir beide uns ja schon recht gut.
Nun habe ich keine Ahnung, wie es mit Ihrem Zeitreservoir beschaffen ist, so dass ich eine Einladung nicht terminlich vorschlagen kann. Mögen Sie es tun? Ich täte mich freuen. Natürlich ist für solche Zwecke die Bell'sche Erfindung (war es eigentlich Bell oder Edison oder, wie immer, ein nicht anerkannter Russe? Da ich in Eile bin, kann ich nicht zu Meyer's greifen) eine nicht ungünstige Möglichkeit, sich in ein gegenseitiges Verständnis zu bringen. Also bis gleich, wie gesagt, ich bin in Eile. Ach warum? Ja, das weiß ich nicht. Ich bin im Urlaub.

Wie immer
Ihr Eberhard Esche

Kraatz, 7. Oktober 2004

Liebe Angela,

drei gute Briefe von Ihnen liegen hier – unbeantwortet. Und sie werden es auch noch ein Weilchen bleiben müssen. Bis Mitte Dezember muss ich mein Manuskript abliefern, und im Garten ist der Herbst. Also bitte haben Sie Nachsicht. Für den 18. Oktober – *Wintermärchen* – liegt eine Karte an der Kasse auf Ihren Namen, mit der Maßgabe auf Ihren Stammplatz.

Alles Liebe
Ihr Eberhard Esche

Kraatz, 4. Dezember 2004

Liebe Angela,

heute Morgen habe ich das Manuskript im Verlag abgeliefert. Ab nächster Woche geht's mit den Korrekturen los. Wenn's gut läuft, muss ich mich Mitte Januar endgültig trennen. Trennung von vollen zwei Jahren Spaß am PC. Nun, manchmal habe ich ein bisschen übertrieben, wie es sich dann pünktlich des Abends am Kopfweh zu zeigen pflegte. Gut, aber schließlich habe ich nicht jeden Tag neun Stunden vor der Flimmerfläche verbracht. Und als ich mich entschloss, dem Röhrenmonitor Winke, Winke nachzurufen und dem Flachbild mich zu nähern, gab es zumindest die frohe Entdeckung zu machen, dass ich mich zu dieser guten Tat etwas spät entschlossen hatte. Immerhin.

Inzwischen habe ich so viele Briefe von Ihnen bekommen und eigentlich keinen beantwortet. Ich bitte, mir das nachzusehen. Die Kekse aber, die sind ganz vortrefflich gut. Und das jeder auf seine Art. Welcher Art ich den Vorzug geben soll, kommt mir nicht in den Sinn. Und die mitgeschickte Ansicht über die Grunewald-Brücke im Schnee hat das Zauberhafte, was auch Weihnachten verspricht, geht man durch die stillen Straßen und schaut auf die stummen, lichtergeschmückten Fenster der Familien. Das Blöde dabei ist nur, dass es da drinnen oft nicht hält, was es nach draußen gelobt. Doch natürlich wird es Fälle geben, wo gehalten, was versprochen, ich meine, der Frieden hinter den Fenstern. Dennoch, es muss doch einen Grund geben, dass die Kirche schon seit so vielen Zeiten vom Weihnachtsfest als dem Fest des Friedens spricht. Institutionen haben es an sich, das, was es nicht gibt, als ständige Drohung zu wiederholen. Ich erinnere mich der Drohung, die in meinen Kindertagen von Knecht Ruprechts Rute ausging: »Wenn du nicht brav bist, dann stellt Knecht Ruprecht die Rute hinter den Ofen!« Einmal stand tatsächlich eine hinter dem Ofen, es war bei den Großeltern Esche. Natürlich hatte ich die Rute nicht entdeckt, kein Wunder, welches Kind guckt schon hinter den Ofen. Ich wunderte mich nur über Oma Hedwig, die mich dauernd fragte: »Na und, hast du denn gar nichts gesehen?« Ich suchte schließlich nach meinen Schuhen, weil ich dachte, es wäre noch mal Sankt Nikolaus. Damit will ich sagen, wenn's mit dem Frieden klappt, beruht's meist auf einem Missverständnis, so wie alle großen Erfolge auf Missverständnissen beruhen.

Nun ja, und *Reineke* ist auch bald dran. Ich fürchte, ich habe den alten Fuchs vier oder mehr Monate nicht mehr gesehen. Also bin ich schon seit Tagen zugange mit Memory.

Außerdem, mein Gott, was ist alles liegengeblieben: Papiere, Papiere, ganze Wälder kann man damit wiederherstellen. Ich freue mich schon, wieder ans

Unerledigte zu gehen. Nicht, weil das Spaß macht, wenn man drangeht, aber wohl, wenn's von einem weggeht. Nun, Sie wissen es ja selbst, welcher tätige Mensch kann davon nicht ein Liedchen singen.

Weil Sie so liebenswürdig waren und nicht klagten über ausbleibende Post und weil Weihnachten vor dem Ende des Monats steht und weil's ein friedlicher Text ist, schicke ich Ihnen diesen fürs Jahresende. Dieses *Nachwort* ist nur insofern fiktiv, da es davon ausgeht, dass das Buch schon erschienen ist. Es steht am Ende von *Wer sich grün macht, den fressen die Ziegen* und ist an meinen ältesten Freund gerichtet, und seine, von mir zitierten, Bedenken sind original. Er kennt das Buch nicht, doch hatte ich ihm vor einem Jahr einige Ausschnitte zugesandt. Seine Reaktion darauf war mehr als nur freundlich, wie seine Warnungen fürsorglich. Er war schon in den frühen fünfziger Jahren nach drüben gemacht, wurde schließlich Redakteur für Ostdinges beim RIAS. *Onkel Karl spricht für die Zone. Rentnerbriefe.* Das war seine Sendung. Er sprach sie selbst. Meine Mutter hörte sie regelmäßig. Und regelmäßig rief sie: »Eberhard, der Horst ist da.« Aber ich fand es wohl ein bissel Hetze. Aber das ist alles schon sehr lange her. Als es ihm beim Rundfunk nicht mehr gefiel, weil das Dudeln immer mehr das Wort ersetzte – und mein Horst ist ein Konservativer im guten und althergebrachten Sinne des Wortes –, wurde er freier Mitarbeiter bei der *Neuen Zürcher Zeitung* für Osttheater. Er hat mir ein paar feine Kritiken geschrieben. Das Wunderliche an ihm ist, dass er damals unter anderem schrieb, dass der *Reineke* eben nur im Osten ankommen könne, eben wegen des vielen *Unrechts*. Na ja, mein Horst denkt zwar heute noch immer nicht besser über Alldieses, aber er bleibt ein herzensguter Freund.

So, liebe Angela, da ist mal wieder Post da!

Ich wünsche Ihnen ein Frohes Fest
Ihr Eberhard Esche

Kraatz, 12. Januar 2005

Liebe Angela,

Sie sagen es, der *Reineke Fuchs* hat heute mehr Daseinsberechtigung als zuvor. Natürlich neigt der Mensch dazu, das Zuvor für besser zu halten als das Jetzt. Doch im speziellen Falle, in der Falle, in der wir sitzen, geht der Vergleich in die Jetztzeit gerechnet zugunsten der Füchse aus.

Ich erinnere mich einer Vorstellung vom *Reineke* im Theater in Stralsund. Es war in den frühen achtziger Jahren. Stralsund hat unabhängig vom Wandel der Systeme ein, den fremden Wanderer überraschend, da unvermutet, ausgezeichnetes Publikum. Nun traf es sich, dass mein Gastspiel mit einem plötzlich eingetroffenen Zuckerengpass in der Deutschen Demokratschen zusammenfiel. Für eine Westberlinerin übersetzt heißt das: Es gab östlich der Elbe einundeinhalb Wochen lang nur wenig Zucker zu kaufen. Bekanntlich konnten wir das überleben. Wir überlebten selbst dann, um bei der Engpassfrage streifend kurz zu verweilen, wenn eine Rolle Zwirn sich um zwei Pfennige im Preis erhöhte, was die Menschen ebenfalls zu aufstandsgeneigter Koketterie zu veranlassen schien und die Preiserhöhung flugs zurückgenommen wurde, genauso wie es auch ganz schnell wieder Zucker gab. Oft erfuhren die Menschen die Preiserhöhung und die Zurücknahme derselben nicht aus dem Kaufmannsladen, wer kauft schon jeden Tag Zwirn, sondern aus dem RIAS. Aber Engpässe gab es wirklich. So war es nun mal unter Stalin: Engpässe entstanden durch Organisierungsschwächen, die sofort nach ihrer Entlarvung vom obersten Organisationskommissar liquidiert wurden. Es gab Leichen im Sozialismus, nach deren Namen trotz der vielen Umbenennungen noch immer keine Straße benannt ist. Doch wenn die Zonis heute von den Kolonialchargen, den ihnen bislang unbekannt gebliebenen Begriff Unrechtsstaat vernehmen, haben sie die Zwirn- und Zuckerfragen prompt vergessen und erinnern sich erwartungsgemäß sofort der armen Häftlinge, die einst zu Millionen und Abermillionen in den engen Zellen von Berlin Hohenschönhausen eingepfercht dahinschmachteten.

Um dieses schlimme Bild aber wieder zum Heiteren zu wenden, hören wir kurz in das im pastoralen Jargon vom Bundesköhler Vorgetragene hinein, als er von einem Ausflug aus Afrika zurückkehrte und also sprach:

Siehe, traf ich doch bei größtem Elend so viel Lebensfreude und Lebensmut bei den Menschen …

Der gute Reisende sprach von den armen Schwarzen und meinte nicht das reiche Humankapital der Hartzvierererfreuten. Und siehe, ich erhörte die Botschaft, und es klang in mir jene göttliche Harmonie, als ich die Vollendung erkannte, die jenem Manne geschenkt wurde, indem sich Dummheit mit Dreistigkeit in blendender Erscheinung erzeigte.

Doch zurück nach Stralsund, vielleicht erinnern Sie sich der Stelle im Sechsten Gesang, wo der Reineke seine Frau zur Westflucht überreden will: *Lass uns nach Schwaben entfliehen … es findet süße Speise sich da … Zucker, Rosinen und Datteln.* Na, was glauben Sie, was da im Stralsunder Theater losging, als das Wort Zucker fiel? Heute würde ich sagen, es schien wie ein verfrühter Beginn der Konterrevolution, ein Frühchen. Minutenlang war es im brodelnden und jubelnden Haus unmöglich, auf Goethe zurückzukommen, dem ja bekanntlich die Engpässe in der Deutschen Demokratschen unbekannt bleiben mussten und der darum den *Reineke* nicht für Zucker geschrieben hatte.

So also ist über die Vergangenheit vom Epos, in den Vergleich zur Jetztzeit gesetzt, zu sagen: Der Erfolg des *Reineke* bestand bis 1989 mehr im befreienden Zorn, welcher aus Engpassfragen entstanden war, denn aus dem Erkennen der Verbrechen, die in ihm dargestellt werden. Wir Zonis, ich schließe mich also ein, hatten Vorstellungen über die Dimension der Kriminalität, die mit der heute wahrwerdenden sich auch nicht annähernd messen lassen.

Was ich damit sagen will, dass mein Kindheitsfreund Horst Wenderoth, als er Mitte der achtziger Jahre in seiner Rezension in der *Neuen Zürcher Zeitung* den *Reineke* zwar lobte, aber ihm die Wirkungsmöglichkeit für sein westdemokratisches Deutschland absprach,

ein bissel verschroben ist. Er ist es nicht in der Zuckerfrage, sondern in Unrechtsfragen, die sich, wie er meinte, außer Landes abspielten. So also in Rechtsfragen besetzt, wirkt er ein wenig blind gegenüber den Unrechtsfragen im eigenen Land.
Doch er freut sich immer, dass ich den *Reineke* noch stets spiele, und wird schon deshalb nicht von mir an seinen Irrtum erinnert. Ich würde ihn schon erinnern, wenn er in dieser Frage zur Lernfähigkeit neigen würde. Nicht dass ihm dieser Begriff unbekannt, im Gegenteil, denn er erwartet die Anwendung dieser schönen, dem Menschen gegebenen Eigenschaft von mir. Da er aber inzwischen glaubt in Erfahrung gebracht zu haben, dass ich in Dingen der Überzeugung dem 1521er Wormser Auftritt vom Bruder Martin gleiche, meint er nun, um auch sich die Nachsicht schmackhaft zu machen, dass man bei Glaubensfragen Rücksicht nehmen muss. Mein Kindheitsfreund Horst übt also mir gegenüber Toleranz. Oder wie das der alte Zelter an Goethe schreibend auszudrücken beliebte: *Die Tollenranz!*

Ein wenig anders, doch in der Schlussfolgerung ebenfalls einseitig, wenn auch seitenverkehrt, mein Freund André Müller aus Köln. Auch er an die Achtzig heran. Vater als Kommunist von den Nazis ermordet, Mutter als Jüdin von den gleichen Rotten ins KZ gesteckt, verbringt André einen Teil seiner Kindheit ebenda. Nach der Befreiung studiert er Theaterwissenschaft und lehrt noch heute an der Falckenbergschule in

München auf seine unorthodoxe und gewinnende Weise. Nebenbei schriftstellert er mit Beharrlichkeit, ist der beste Shakespeare-Interpret, war an einigen wirklichen Theatererfolgen am DT der sechziger Jahre beteiligt und gehört zu den meistgebildeten Menschen, denen ich begegnen durfte. Und ist trotz seiner Parteizugehörigkeit zur DKP eine rheinische Frohnatur geblieben. André sagte mir, als ich vor zwanzig Jahren von meinem Vorhaben Reineke sprach: »Es ist eine große Dichtung, es ist eine tolle Geschichte, aber es ist eine Feudalgeschichte, die musst du im Westen machen, hier gibt es noch Junker und Feudale, nicht mehr bei euch in der DDR.« So sehen wir, beide Freunde hatten recht, aber sie hatten sich beide geirrt. Weil eben das Rechthaben den Irrtum mit einschließt. Nur die Unrechthaber kennen den Irrtum nicht. Mit Ausnahme der Beteiligten an der Unrechtsschreibreform, die machen den Irrtum zur Rechtschreibreform.

Was den Irrtum, die *Scheußlichkeit,* wie Sie schreiben, die vor dem DT steht, betrifft, da haben Sie ohne Einschränkung recht. Das ist der Geschmack von dem Herrn Wilms.[21]
Doch anzunehmen, dass sie den armen Doktor Wilms nun rausschmeißen, weil der das monströse *Verweile doch* auf den Vorplatz vor dem Theater gestellt hat, um mit seinem schlechten Geschmack zu imponieren, oder gar wegen seiner Unfähigkeit auf dem Pöstchen, der unterliegt einem Irrtum. In heutigen Zeiten ist

Unfähigkeit kein Kündigungsgrund, ganz im Gegenteil, nur wer nichts kann, der darf überall rein. Voraussetzung ist: Er darf wirklich nichts können. Einschränkend sei jedoch hinzugefügt, dass es der Dr. Wilms schließlich ist, der meine drei Abende im DT hält. Das müsste er nicht. Aber er tut es. Er also auch Meriten hat und ein wenig *Tollenranz* von mir zu erwarten wohl Anspruch zu erheben berechtigt wäre, läse er das Vorgenannte.

Nein, es sind natürlich keine Geschmacks- oder Leistungsfragen, es sind Partei- und Machtfragen, mit Theaterdonner und Stürmen im Wasserglas verbunden. Es sind die allseits und genugsam bekannten politischen Sandkastenspielchen. Die PDS will in die Salons der Nobili der Unfähigkeiten mit rein und wollte mit ihrem Intendantenvorschlag Christoph Hein zeigen – nachdem sie ihr Unvermögen, im Westen Stimmen zu gewinnen, erwiesen hatte –, dass sie gewillt ist, die auch im Osten verlorenen Stimmen wiederzuholen. Also entsinnt sie sich eines Ossis, der ein paar Sympathien im Westen genoss, als er noch zu den Dissidenten gezählt wurde, und den auch die DEDEERLER als Dichter kennen. So glaubte diese Partei des duckenden Angleichens mit diesem Vorschlag die Sympathie einmal im Osten zu holen, wegen des Geburtsfehlers in des Dichters Wiege – und zum anderen dem Westen Anpassung zu zeigen, wegen des toten Vogels *Heldenstadt* in des Dichters Hose. Da zeigte es sich, dass diese sich selbst verlierende Partei schon wieder falsch gerechnet hatte. Denn von dem Vorschlag des Senators, den Dichter Christoph Hein zum Intendanten des Deutschen Theaters zu machen, fühlte sich die Meute der Besatzer gelatscht und heulte auf wie ein Rudel Hyänen vor einem schönen Stück Aas, in welches sich ein Löwe kniet. Und der Dichter, nun mal kein Löwe von der Art her, sondern ein Pfarrerssohn, kriegte das Knickebein, und die eben noch vor seiner Nase liegende Praline lief aus. So ist es eben heute mit den Süßigkeiten, entweder sind zu viele Konservierungsstoffe drinne oder gar keine. Denn auf eines war der Dichter nicht vorbereitet – auf das reale Leben. Und obwohl er durchaus zu der immer kleiner werdenden Minderheit der denkenden Personen auf dem Bundesgebiet zu zählen ist, hatte er, im vorliegenden Falle zumindest, falsch gedacht. Was hatte er nicht bedacht? Die Rolle der Gurkhas!

Wissen Sie, was Gurkhas sind? Gurkhas, auf indisch Rinderhirt, gehören der indo-europäischen Sprachfamilie an und kommen aus Nepal mit starkem mongolischen Einschlag. Die Briten nahmen Angehörige dieses Volkes in Dienst zur Niederwerfung nationaler Befreiungsbewegungen und sonstiger Kriege. Noch heute gibt es reiche Leute, die sich Gurkhas als Leibwächter halten. Mein Opa hat noch vor Verdun einem tapferen Gurkha-Krieger Aug' in Aug' gegenübergelegen, doch hat er mir nie erzählt, wer das überlebte. Wir fassen zusammen, Gurkhas sind Söldner im Dienste einer herrschenden Macht. Also so eine Art von Berufsdissidenten. Doch wer braucht heute bei Hartz IV noch die Gurkhas von 1989/90? Wenn sich die genetisch schlecht gelaunte Frau Bohley von den Sowohlalsauchsozialisten vor den Karren spannen ließe, täten die Kolonialchargen genauso aufheulen wie bei Flierls[22] Vorschlag, den Dichter Hein zum Intendanten zu machen. Doch mit dem Sachgebiet Theater hatte der ganze Kram nichts zu schaffen.

Sehen Sie, seit dreißig Jahren sehe ich dem Pflaumentausch, den man Intendantenkarussell nennt, zu und frage mich seit dreißig Jahren, warum tauscht man immer Pflaume gegen Pflaume. Die Antwort ist einfach: Die Zeit ist reif fürs Pflaumentauschen. Mehr als dreißig Jahre dauert nun die Reiferei. Inzwischen rufen die Völker der Erde: Wir haben die Pflaumen satt! Doch wen werden sie stattdessen bekommen?

… ich erinnerte mich der Frösche, einen König wollten sie haben und im Zwange leben, da erhörte sie Gott und sandte den Storch …[23]

Insofern hat das Theater nach wie vor eine Daseinsberechtigung. Als verwackelt spiegelndes Blechschild, wie es früher als der Frisöre Zunftschild blank poliert über ihren Salons im Winde baumelte, ist es Spiegel des Zerrbildes einer sich verzerrt gebenden Welt. Nicht, dass die Welt wackelt, nur die herrschenden Unfähigen wackeln. Doch die Welt muss das ertragen.

Wenn man das weiß, liebe Angela, und lässt sich vom Wissen übers momentane Erdenkuddelmuddel nicht unterkriegen, dann behält man die sächsische Heiterkeit, so wie mein Freund André Müller die rheinische und, ich hoffe, Sie die berlinische. Auf solche Weise ließe sich schon zur Einheit der Deutschen kommen. Alles Gute braucht seine Zeit.

Ja, die Porträts von Herwart Grosse und Dieter Franke haben Sie entdeckt. Beide Herren starben im gleichen Jahr. Und seitdem suchte ich, mit dem Vorschlag, sie auf die Ehrentafel zu bringen, die wechselnden Intendanten heim. Seit 1982 ist diese Heimsuchung, wie Sie sehen können, erfolglos geblieben. Und so stehen die beiden als mobiles Mahnmal seit (ich denke) 1992 vor der Ehrentafel. Immer wenn ich *Reineke* habe, schaue ich nach, ob sie aufgestellt sind. Oft sind sie es nicht. Absicht? Ich glaube fast nicht. Im absichtslosen Getue der herrschenden Bedeutungshuber ist auch viel bedeutungslose Schlamperei zu vermuten. Und auf die Tafel werden meine beiden Kollegen nicht mehr kommen. Jetzt schon gar nicht mehr, schließlich sind sie nie abgehauen, sondern waren als treue Diener ihres Hauses tätig, diesem großen Nutzen zu bringen. Doch der Nutzen, den Schauspieler ihren Häusern bringen, ist ein Nutzen, welcher aufs Natürlichste der Vergänglichkeit unterworfen ist, da hat Schiller schon recht. Und die Menschen, die sich der Schauspieler von gestern heute noch erinnern, die werden auch älter und stehen schon lange grübelnd vor den Grabstein-Werkstätten der Steinmetze. Und eigentlich hatte der echte Langhoff, der Wolfgang Langhoff, die Tafel nach dem zweiten Weltkrieg und der Wiedereröffnung des Deutschen Theaters zum Ruhme des Hauses erfunden. Doch sic transit gloria mundi.

Mit gutem Gruß
Ihr Eberhard Esche

PS. Es ist dem lang geratenen Brief das Bemühen zu entnehmen, Ihren Fragen gut zu begegnen, selbst, wenn Sie die Fragen gar nicht gestellt hatten. Und darüber hinaus ist die Absicht, meine lang geratenen Schreibpausen des letzten Jahres solcherart zu überbrücken, und verbunden mit der Bitte, die vor mir liegenden Schreibpausen zu entschuldigen, aber bei mir geht bald die Reiserei fürs Buch los.

Kraatz, am 3. Mai 2005 begonnen …

Liebe Angela,

da beißt die Maus keinen Faden ab, Sie sind dran! Und das schon lange. Und seitdem rührt sich das aus einst so guter Erziehung herrührende Gewissen. Aber was soll ich machen? Im Alter werden die Tage kürzer – und plötzlich ist der Mai da.

Erst einmal sei mein Dank nachgeholt für Ihre liebenswürdigen und ausführlichen Briefe, und ich verbinde diesen Dank mit der Bitte, mir die nun vor Ihnen sichtbar liegende Undankbarkeit nachzusehen, dass meine Antwort keine angemessene – und auf all die Details und die von Ihnen gemachten guten Beobachtungen eingehende – sein wird. Denn das weiß ich schon jetzt, obwohl ich den Brief gerade erst begonnen, dass er sich nicht mit der von Ihnen liebenswürdig geübten Ausführlichkeit messen kann. Schon aus Maigründen und Zeitgründen und Echogründen nicht. Mai- und Zeitgründe habe ich soeben ausführlich behandelt, darum nun zu den Echogründen.

Natürlich freue ich mich über das Echo, das die *Ziegen* hervorrufen, doch hier genau liegt einer der Gründe für meine geübte Zurückhaltung. Zum Echo gesellt sich der Plural! Und allen gebühren natürlich die

Rückrufe. Man kann sich nicht loben lassen und dann so tun, als hätte man das täglich und sei der Danksagungen überdrüssig. Nein, ich freue mich über die positiven Reaktionen und bin noch nicht alt genug, die ausbleibenden nicht zu bemerken. Die negativen Reaktionen bleiben bei einem, dem unterstellt wird, Goethen beizuwohnen, von dem ihm bekannt ist, dass dieser die Kritik für eine bloße Angewohnheit der Moderne hielt, für den bleiben diese Art von Reaktionen wie gewöhnlich fern, außer man rechnet für sich selbst die ausbleibenden hinzu.

Nun hat jeder Mensch seine feststehenden und seine durchwandelnden Gründe für ein Urteil, und die mehr oder weniger gleichgeschalteten Medien haben die ihrigen. Natürlich wird kein Redakteur zwei Blicke in mein Buch werfen, es reicht ein einziger und der erspart, die weiteren Seiten umzuschlagen. Er sieht auf der ersten Seite einen Satz und der ist noch nicht einmal von mir, der ist, Sie wissen es, von Thomas Mann.[24] Also wie recht der Dichter Mann noch heute hat, das erleben der Verlag und ich just.

Kränken tut mich dieses Presseschweigen nicht, ich kenne das Gesindel, ich kenne es schon sehr lange, und ich staune nicht, wie sich die Burschen und die Burschinnen über die Staatsform hinweg doch gleichen. Gesindel in seiner Wandelbarkeit zeigt seine Beständigkeit, indem es seiner Eigenart treu bleibt. Doch für den Verlag, der nun mal auf Öffentlichkeit angewiesen ist, ist diese Art der Zensur, durch das gröbliche Mittel der Ignoranz ausgeübt, doch ein

Vorgang, den man nicht sorglos entgegennimmt. Und ein Verleger, der Thomas Manns Einschätzung des Antikommunismus auf der ersten Seite seines Autors nicht nur zulässt, sondern sich auch dazu bekennt, der ist froh über jedes dennoch verkaufte Exemplar. Ihr Brief über mein Buch, der würde den Herrn Dr. Oehme erfreuen, so wie er mich erfreute.

Irgendwie sind Sie nicht typisch Wessi. Was ist das, typisch Wessi? Was ist typisch Ossi? Entschuldigen Sie diese blödsinnige Verallgemeinerung, es ist eine oberflächliche Betrachtungsweise, da sie vom schon feststehenden Vorurteil ausgeht. Mein Schwiegersohn, beispielsweise, ist aus dem Westen, demgegenüber kann ich noch nicht einmal das bestehende Vorurteil, dass die familiären Schwiegerverhältnisse zwischen Männern schlechte Verhältnisse wären, aufrechterhalten. Ich liebe den Jungen, selbst wenn er aus Texas käme, wo die Leute große Hüte tragen, damit man ihre Gedanken nicht erraten kann. Mir ist mein Allgäuschwiegersohn teuer, nicht nur, weil meine Tochter ihn liebt, das auch, sondern weil er er selbst ist und weil er was kann. Und solche Erscheinungen unter den Menschen kommen öfter vor, als man in trüben Stunden geneigt ist zu denken, und so was gibt es überall.
Nein, der Schwachsinn des Üblichen hat mich nie sonderlich berührt, berührt werde ich nur von Betrachtungen, was ein Mensch kann und wie er mit dem, was er kann, umgeht. Ich lese aus Ihren Briefen,

dass Sie sich die Tugend der Lernfähigkeit erhalten haben, und das erfreut doch. Auch deshalb, weil es, wo auch immer, nicht gerade als typisch anzutreffen ist.

Es hat sich in fünfzehn Jahren das Porträt der hier aufgetauchten Kolonialchargen so in uns hineingefräst, dass wir diese armselig Verzerrten für typische Wessis halten. Und wenn auch in diesen Fällen mit einer gewissen Berechtigung beurteilt, wäre doch die Verallgemeinerung ein nicht haltbarer Unsinn. Genauso wie die Lüge, dass der Westen den Osten bezahlen muss, weil die Ossis faul sind. So faul können sie von 1945 bis 1989 nicht gewesen sein, wenn der Wert der DDR von dem ersten und kurz danach ermordeten Chef der Treuhand Rohwedder auf 960 Milliarden D-Mark geschätzt worden war. Was ja wohl kaum auf Armut hindeuten konnte, sondern auf einen gewissen behaglichen Wohlstand, den sich die Menschen der DDR erarbeitet hatten. Dass wir nun arm geworden sind, dieses führt kaum eine Zeitung oder ähnliches auf die 270 Milliarden D-Mark Schulden zurück, die die Frau Breuer am Schluss des Hauses Treuhand aus der Bilanz des Herrn Rohwedder gemacht hatte. Irgendwie ist auch die Frage offen geblieben, wer hat eigentlich den Rohwedder, offensichtlich einen klarblickenden Mann, in wessen Auftrag ermordet. Für Zeitungen ist die Frage, ob die Unterhaltungssängerin Madonna bei der Unterhaltungssängerin Spears Patentante wird oder nicht, eine wesentlichere Frage. Ich will nicht darauf zu sprechen kommen, wo am Ende die vielen tausend Milliarden geblieben sind, die die Frau Breuel so mir nichts dir nichts auf der Straße verloren hat, aber die im Schwange befindliche Meldung ist nicht, dass wir ausgeraubt worden sind, sondern dass wir die Wessis arm machen. Die Technik der Straßenräuber *Haltet den Dieb* bestärkt die gegenseitigen falschen Einschätzungen der sich fremder werdenden Deutschen und damit die herrschenden Vorurteile, die, und das sollten wir nicht verdrängen, in der üblen Jetztzeit schwer in die Aufbauphase jongliert werden. Dafür sorgen nicht nur die hier rumlaufenden Kolonialchargen, da helfen kräftig die Medien mit: Hundchen kläfft, wie Herrchen will. Die illegale Mauer zwischen Ost und West ist höher geworden, höher als vor der Existenz der legalen Mauer.

Aber ich bin nicht ohne Hoffnung, dass früher oder später, betrieben durch die *Globalisierung* genannte wirtschaftliche Weltentwicklung, die, abgesehen vom Kampf um die Absatzmärkte, vor allem aus Geldschiebereien besteht, die Menschen in Ost und West Einsichten gewinnen werden, die sie vorher nicht wahrhaben wollten. Also Lernfähigkeit beweisen. Dann kommen sie sich auch wieder etwas nahe. Das ist das Gute am Schlechten.

Sie schreiben etwas fürchterlich Wahres, und das nach dem Ende des sozialistischen Konkurrenten sich entwickelnde momentane Desaster scheint Ihnen recht zu geben: *»Ich glaube, wir müssen erst total am Boden liegen …«*, schreiben Sie.

Nun zeigt die Geschichte der Menschheit, dass die Völker, am Boden liegend, sich dieser unangemessenen Lage zwar anzupassen wissen, aber sich nie damit zufrieden geben. So dauert dieser beklagenswerte Zustand bei vielen Völkern, ja Erdteilen schon Jahrtausende. Sehen Sie nach Afrika, Asien und Südamerika. Große Kulturen gingen unter und verschwanden als Touristenziel oder als Bildungsmaterial in den Schulbüchern Europas, nebenbei die Konquistadoren lobend.

Doch für uns, die mitfühlenden Weltenbewohner, bleibt die antwortlose Frage, musste es denn überhaupt erst zum Untergang von Kulturen kommen? Nun, da es nur die historische Antwort gibt, nämlich, dass sie untergegangen sind, erübrigt sich die Frage; dennoch beschäftigt uns die folgende Überlegung: Dieserart Untergänge sind keine Naturgesetze. Naturgesetze, wie sie in Disneys Tierfilmen zu sehen sind, können, aber müssen nicht zwangsläufig auf Menschen angewandt werden. Die Fressgier der Tiere lässt die großen die kleinen fressen, und so sichert in dieser natürlichen Notwendigkeit ihr Hunger die eigene Art; aber ohne Hunger zu haben und trotzdem zu fressen, was vor die Schnauze kommt, und dabei die eigene Art bis zur totalen Vernichtung zu dezimieren, das macht die Raffgier der Menschenmächtigen zu Disneys Filmkreaturen. Und als die höchst entwickelte Organisationsform der Raffgier zeigt sich

der Kapitalismus der Neuzeit. Die effizienteste Art des Kapitalismus, hat er sich zum Imperialismus hin entwickelt, wie in den USA, oder ist er im Begriff, sich wieder dahin entwickeln zu wollen wie in Europa, das ist nun mal, das zeigt uns die Geschichte des 20. Jahrhunderts, der Faschismus. Denn der Faschismus, das wird bei der momentanen Hitlerschwemme von dem Herrn Knopp (ich nenne mal nur ihn) unterschlagen, der Faschismus ist kein Produkt des Kommunismus, er ist ein Produkt des sich entwickelnden Kapitalismus. Und ein Kapitalismus mit menschlichem Antlitz, wie ihn so ehrenwerte Leute wie die Herren Blüm, Seehofer und der von mir wirklich verehrte Herr Heiner Geißler einfordern, ist eine lobenswerte Äußerung, aber eine Illusion. Das ist nun wirklich Wunschdenken, das sie, aus welchen ehrenwerten Gründen auch immer, gegen ihr besseres Wissen setzen. Denn das wissen die Herren, im Politikgeschäft einst Beteiligte, zu genau: Nicht auf der Humanität beruht die Effizienz des Großkapitals und damit seine Anziehungskraft auf die Käufer, sondern im Hochmut und der Trägheit des Herzens. Beginge der Kapitalismus diese Todsünde nicht, er wäre schnell am Ende. Und das nur durch selbstproduzierten Stillstand, ganz ohne fremde Hilfe. Gott, wäre das schön.
Stellen Sie sich doch mal vor, Italiens Raubtier-Mafia kriegt den Gefühlskoller und sagt: Compañeros, wir hören auf, wir lieben euch doch alle! Na, was geschieht denn da? Ist dann Italien befreit? Aber gar nicht, es gibt ja noch die anderen Raubtiere, die ame-

rikanische Mafia, die russische Mafia, die chinesischen Triaden und, wenn die auch alle plötzlich den Menschenkoller kriegen, dann ruft die kleine Mafia, sagen wir mal die albanische: Compañeros, wir sind an der Reihe!

Also, was will der Herr Müntefering,[25] aus weniger ehrenwerten Gründen als den just genannten, mit seiner Kapitalismuskritik eigentlich bewirken? Will er damit seine Obrigkeit, die herrschende Oligarchie entmachten? Das kann er doch nicht wirklich glauben, schließlich ist der Mann Sozialdemokrat und einer Partei verpflichtet, die spätestens seit 1914 die Drecksgeschäfte des Großkapitals betreibt. Nein, die Demokratie als bürgerliche Staatsform, eine Errungenschaft der Geschichte der Menschheit wird sich nicht, ungeschützt wie sie sich täglich mehr erweist, als Bewahrerin der Werte und Beschützerin des Lebens zeigen können. Denn sie ist nun mal letztlich nur eine Angestellte bei ihrem Brötchengeber. Und der ist nicht das Volk, der ist das Finanzkapital. Oder wie wir sogar in den Zeitungen lesen können, der militärisch-industrielle Komplex, den, auch das entnehme ich den Medien, es natürlich nur in den USA gibt. (Und heimlich verteufeln sie mir dabei meinen Kumpel Bushi-bushi.)[26] So bleibt mir angesichts dieser bedrückenden Vision vom prophezeiten Ende der Kultur Europas nur die eine Don Quichotterie übrig, nämlich die schutzlose Demokratie, die noch nicht korrumpiert, zu verteidigen, obwohl ich kein bürgerlicher Demokrat bin; und mich für das Vorhanden-

sein des Staates zu verwenden, obschon der gegebene nicht der meine ist.
Und das tue ich, trotz der von Ihnen zu Recht gerügten Pappnasengesichter. Ich stehe nun mal, am Welttheater engagiert, auf dem Besetzungszettel mit der Rolle des Junkers von La Mancha. Es ist beim jetzigen Zustand dieses Theaters die einzige Rolle, die ein Komödiant ohne Skrupel übernehmen darf, da sie zum einen nicht aus Verrat besteht und zum anderen gar keine so üble Rolle ist, angesichts dessen, dass sie immer noch ein paar ordentliche Lacher holen kann. Und die Vertragstreue zu diesem Hause läuft bei mir in diesem Falle bis zum natürlichen Ende des Vertrages. Nicht länger, aber auch nicht kürzer. Und so lande ich wieder bei dem von Ihnen zitierten und mir mit guter Absicht unterstellten *Wunschdenken.*
Im Ernst, Sie irren sich, wenn Sie annehmen, dass die fünfziger und sechziger Jahre vom Wunschdenken beseelt waren, es sei denn die Friedenssehnsucht der Menschen war Wunschdenken. Nachweisbar ist, dass uns der Aufbauwille beherrschte. Das galt in den Anfangsjahren nach dem großen Krieg für Ost und West. Mit dem Unterschied, dass der Osten unter anderem die Möglichkeit wahr machte, die der brave Jesus schon zwei Jahrtausende zuvor vorgeträumt hatte. Nämlich, der Osten Deutschlands jagte, im Gegensatz zum Westen Deutschlands, die Bankiers aus dem Tempel und setzte so seine Friedensbereitschaft unter Beweis. Das, und vor allem das, machte die

DDR in diesen Jahrzehnten zum Anziehungspunkt für viele deutsche Emigranten. Und das waren nicht nur die Juden und Kommunisten. Das waren nicht nur die in meinem Buche Genannten. Es kamen die Frauen und Männer, die in den Konzentrationslagern gesessen. Mein Glück bestand darin, dass ich einige von ihnen kennen durfte. Und ich lernte sie als Persönlichkeiten kennen, denen das Wunschdenken abhanden gekommen, die statt dessen von der durchlebten und im wahrsten Sinne überlebten Realität beherrscht waren und gegen deren Wiederholung sie alles Menschenmögliche einsetzten. Das Menschenmögliche in seiner gesamten Bedeutung des Wortes. Dazu gehörte selbstverständlich unter anderem die Parteinahme für die DDR. Und die war kein Mysterium, sondern ein von Menschen gemachtes und von Menschen bekämpftes Geschöpf. Und das Geschöpf war sehr fehlerhaft. Doch nicht seiner Fehler wegen wurde dieses Geschöpf von seinen Feinden nicht *anerkannt,* sondern vom angemaßten Recht der Besitzenden, denn die DDR verkörperte den *Sieg der Kleinen Leute* (Heine). Und sie wurde von ihren Freunden misstrauisch als deutsch besehen, zu Unrecht, denn die Eigentumsverhältnisse waren allseitig geklärt. Und von seiner Moskauer Schutzmacht wurde sie wiederholt als Verkaufsartikel gehandelt, was scheiterte, aber nicht an den Freunden. Das alles hielt das kleine Land aus, bis es auch eine Pappnase bekam. Die kam 1971.

»Der Freunde Eifer ist's, der mich zugrunde richtet, nicht der Hass der Feinde.«
Friedrich von Schiller. Wallenstein.

Ich will nicht weiter auf die Krankheiten eingehen, doch so viel sei auf Ihr Vermuten hin gesagt: Nicht am Wunschdenken ist der Sozialismus eingegangen, dafür hatte er schon zu lange in der Sowjetunion gelebt und hatte, nicht wie nebenbei, den Hitlerfaschismus besiegt! Nein, er ist eingegangen an seinen *Pappnasen,* welche das Wesen des Kapitalismus wider besseres Wissen verleugneten, sich statt dessen von seinen guten Umgangsformen und maßgeschneiderten Kostümen beeindrucken ließen, so wie die Völker von schicken Autos und Reisebeschreibungen der Verwandten und Musiken, nach denen man tanzen konnte und die die Lieblichkeit des Kapitalismus auf diese Weise in ihr eigenes Wunschdenken verwandelten. So ließen sie ihn ohne Gegenwehr ins Haus und glaubten nun friedlich vereint im gegenseitigen Mietverhältnis miteinander leben zu können. Wir wissen, was aus dem *Gemeinsamen Europäischen Haus* des Glückritters Gorbatschow geworden ist. Doch der Mann war nur das letzte Loch auf der falschen Flöte. Ihm gingen noch ein paar andere Löcher voraus. Wann diese falsche Flöte in den Konzertsaal gesetzt wurde? Ich bin da noch unsicher. Ganz sicherlich nicht vor dem Zweiten Weltkrieg. Ganz sicherlich nicht in den fünfziger Jahren. Über die Sechziger streiten die Gelehrten, doch einig werden sie sich in der Zeitbestimmung spätestens Mitte der siebziger Jahre. Und hier, nicht vorher, verehrte Einfühlerin, setzte *mein Wunschdenken* ein. Nicht in den Jahren des Aufbaus der DDR, sondern während ihres langen Unterganges.

Man sieht die Anzeichen, doch will ihre Konsequenzen nicht wahrhaben. Und sieht man auch den Untergang nicht voraus, so man fühlt ihn doch. Dass man ihn nicht voraussieht, das liegt an der Gesinnung, die versucht, den Instinkten keinen Platz zu geben. Das ist wie beim Tsunami, die Tiere ahnten die Flut und flohen in die Büsche, die Menschen glaubten dem sonnigen Tag.

Diese lange Abhandlung, liebe Angela, müssen Sie mir bitte nicht als Rotlichtbestrahlung ankreiden, diese Antwort haben Sie selbst hervorgerufen mit dem *am Boden liegen* und Ihrer Interpretation meines Wunschdenkens.

Noch auf vieles in Ihrem letzten Brief ließe sich eingehen, so auf die Ehefrauenfrage, die ich, nach übereinstimmenden Urteilen aller Damen, die die Damen kennen und das Buch gelesen haben, vortrefflich und fair abgehandelt hätte, oder auf Ihre Papsthoffnungen, die ich nicht teile betreffs der Aufgabe der Dogmen, denn ein so mittelalterliches Gebilde wie die Kirche gibt sich auf, wenn sie sich modernisiert, also muss sie so tun, als bliebe sie unveränderlich, und auf vieles muss ich verzichten einzugehen, denn inzwischen haben wir den 6. Mai bekommen und inzwischen hat es geregnet, so konnte der Brief etwas länger werden, wie dieser Satz, doch nun hat es aufgehört mit dem lange erwarteten Regen und ich muss gucken, ob die Wühlmäuse ersoffen sind. Denn eigentlich hasse ich nur noch Wühlmäuse.

… offensichtlich wegen fortwährender
Schauertätigkeit, erst am 10. Mai beendet.

Ihr Eberhard Esche

Kraatz, 1. Oktober 2005

Liebe Angela,

danke für die freundliche Post, die ich bislang unbeantwortet ließ, wofür ich um Vergebung bitte, aber so wie ich einst von Ihnen Post bekam, bekomme ich sie nun nach den *Ziegen*. Und solches in Vielzahl. Und so wie ich einst die Ihrige nicht ohne Antwort ließ, so fahre ich fort. Es sind teilweise sehr berührende Briefe darunter, einige stammen von Leuten, die ihr Berufsleben offensichtlich einst dem Erhalt der DDR gewidmet hatten und nach deren Verschwinden lieber die Flucht in die Anonymität im Westen antraten, statt zu Hause zu bleiben. Es sind ehrliche Briefe und oft recht verzweifelte. Natürlich bekomme ich auch Fröhlicheres, so Briefe aus Krankenhäusern. Einer schrieb mir: Er lese eigentlich nicht mehr so viel wie in jungen Jahren, doch nun liege er im Krankenhaus. Und das würde noch ein Weilchen so bleiben. Ich solle ihm glauben, ein Krankenhaus könne sehr langweilig sein und zu lachen gäbe es nichts im Übermaß. Doch dann hätte er von einer Besucherin mein Buch bekommen, und ob ich es glauben wolle oder nicht, er stünde der Annahme positiv gegenüber, dass ihm nun nach der Lektüre der Aufenthalt im Krankenhaus womöglich unplanmäßig verkürzt werden könne, da er glaube, er habe sich fast gesund gelacht. Und

würde er dennoch nicht entlassen, dann habe er wenigstens mal so richtig schön lachen können – und dafür bedanke er sich.
Na, das ist dann gute Post.

In Ihrem ersten Brief nach dem Urlaub deuteten Sie an, dass ich womöglich sauer gewesen wäre bezüglich Ihrer Antwort nach meinem Brief vor dem Urlaub. Nee, meine Beste, worüber denn?

Der September aber war so schön, dass ich selbst die dringendste Post ein bissel verschob, doch nun regnet es, was auch schön ist, denn wie Sie sehen, schreibe ich mal wieder.

Ihr Eberhard Esche

Kraatz, 15. Dezember 2005

Liebe Angela,

natürlich haben Sie vor Weihnachten genug zu tun, und Sie können das Nachfolgende auch nach den Feiertagen lesen, doch da Sie über die Jahre hinweg so treu und fachmännisch, so beharrlich und liebenswürdig dem *Zauberlehrling*, dem *Reineke* und dem *Wintermärchen* und mir, dem Interpreten, Ihre Muße und Ihre Anteilnahme widmeten und mir neulich am Telefon geduldig Ihr Ohr liehen, was die Malaise des Deutschen Theaters, die auf den Esche hört, betrifft, die dennoch nicht nur die meinige ist, bitte ich Sie zur überplanmäßigen Planerfüllung der Vorweihnacht und lege Ihnen die Köstlichkeit eines Verkehrs, eines Briefverkehrs, vor. Ich hoffe, es vergnügt Sie ein wenig.
Es besteht die Originalität der folgenden zwei Briefe auch nicht darin, dass sie sich an einen Adressaten wenden, den man heutzutage nicht alltäglich anträfe [...] Und während Sie es ahnten, wussten Sie es schon, die Briefe sind für die Theatergeschichte verfasst. (Und ein wenig für mein Vergnügen.)
Natürlich hatte ich kurz erwogen, um der Sache willen, mich an den für diese Dinge zuständigen Senator zu wenden, doch dann ließ ich das. Zum einen gehörte das Antichambrieren nicht zu meinen Lebens-

gewohnheiten und – man soll sich nicht hilfesuchend an eine Partei wenden, deren Existenz daraus besteht, sich ihrer Existenz selbst zu entledigen. [...]
An wen also kann man sich noch wenden?
An die Theatergeschichte! Das meint an die Zukunft. Denn auch in der Zukunft werden die Archäologen Zukunft haben.

Kraatz, 5. November 2005

Lieber Herr Dr. Wilms,

ich nehme Bezug auf unser Telefongespräch am Reformationstage. Ich habe Sie richtig verstanden, dass die Fülle hochqualifizierter Inszenierungen, die sich im Spielplan des DT befinden, keinen Raum mehr für jene drei Dichterabende, die ich an dem Hause gebe, gäbe. Und Sie stellten es mir anheim, einen der drei für den weiteren Verbleib im Spielplan vorzuschlagen. Sie wissen, es fiel mir nicht leicht, mich zwischen *Reineke Fuchs* und *Deutschland. Ein Wintermärchen* zu entscheiden. Ich entschied mich für das letztere. Der Grund ist mir teuer und ich hoffe, auch dem Hause: *Wintermärchen* läuft seit einunddreißig Jahren, der *Reineke* seit dreiundzwanzig Jahren in Berlin!
Doch es sind nicht allein die Jahre, die mich zu dieser, flugs am Telefon zu treffenden, Entscheidung brachten; es gab auch keine patriotischen Gründe, die mich für das Märchen über Deutschland einer-

seits, als auch keine kosmopolitischen Gründe zur *unheiligen Weltbibel* Reineke andererseits bewogen ... Eigentlich finde ich überhaupt keinen Grund, mich für eines der beiden Epen zu entscheiden.

Mit der Premiere von *Deutschland. Ein Wintermärchen* im Jahre 1974, dem 1982 der *Reineke Fuchs* folgte, damals noch im Theater im Palast, nahm ich als Erster die Tradition der Soloabende wieder auf. Und ich bin froh, dass im Verlaufe der Spielzeiten, später nicht nur am Deutschen Theater, mir Kollegen und Kolleginnen bereit waren zu folgen. Von Herwart Grosse bis Dieter Mann, von Götz Schubert und Jörg Gudzuhn bis Inge Keller. Denn sich allein auf die Bühne zu stellen und einen Abend von Vorstellungsdauer zu bestreiten ist nicht nur eine Konditionsfrage, es ist auch eine Mutprobe.

Mein Verhältnis zu den Intendanten des Deutschen Theaters, rechne ich mal von Beginn der siebziger Jahre des vorigen Jahrhunderts an, war stets ein fragiles. Dennoch, zwar geriet ich mit ihnen, von Zeit zu Zeit, in ernsthafte Konflikte, den künstlerischen Anspruch des Hauses betreffend, doch gleichzeitig bemühte ich mich, die Autorität der Leitung des Hauses nie in Frage zu stellen. Wissend: Ohne straffe Führung sind weder Krankenhäuser noch Theater dem realen Leben zugewandt. So weit zu meiner Empfindsamkeit aus früheren Tagen.

Unser beider Verhältnis nun wurde bestimmt allein durch Gastspielverträge, folglich blieben Ihnen und mir Konflikte erspart. Und meine erwähnte Sprödig-

keit machte stattdessen einer glücklichen Gartenarbeit im brandenburgischen Altersgerechten Platz.
Ja, mehr noch: Ich bin Ihnen von Herzen dankbar, dass Sie mir überhaupt ein über die Jahre hinweg beiderseitig zufriedenstellendes Gastspielverhältnis ermöglichten. Wir kommen aus zwei verschiednen Welten, und niemand konnte Sie zwingen, sich so zu entscheiden. Aber Sie taten es.
(Vor Jahren hörte ich von einer Kollegin des Hauses sprechen, dass sie sich wundere, dass der Wilms Esche nimmt, und sie stellte die Frage, wie der Esche das wohl geschafft hätte. Ich ließ ihr ausrichten, weil der Esche nun für die CIA arbeiten würde.)
Vergeben Sie mir den mittelmäßigen Scherz, doch ich bin zu sehr Komödiant, um eine selbst fabrizierte Pointe zu unterschlagen.
Zurück zum Ernst, ich nehme also die durch Ihren Anruf hervorgerufene plötzliche Möglichkeit in Anspruch, mich für unser bisheriges gutes und beiden Seiten nutzbringendes Verhältnis zu bedanken. Und ich weiß, dass ich mit diesem Dank nicht allein bin, denn jener Teil des Publikums, gleichviel, ob aus dem Osten oder Westen der Stadt und ihrer Gäste, der sich nun mal für die Abende mit Goethe und Heine durch die Jahrzehnte hindurch entschied, konnte und kann damit seine diesbezüglichen Ansprüche an das DT bestätigt sehen.
Selbstverständlich ist die Palette der Ansprüche sehr weit gefächert, das ist mir nicht entgangen, aber die aufgeführten Ansprüche gibt es eben auch. Und diese

zu bedienen ist mein Anliegen. Und da dieses Anliegen durch das Publikum so lange bestätigt wird, ist nicht anzunehmen, dass mein Einsatz plötzlich nicht mehr auf Gegenliebe stoßen sollte.

Folglich entsteht ein Unbehagen, das zu äußern Sie mir noch gestatten: Ich hab in der DDR gelernt, und dieses just bei *Wintermärchen* als auch bei *Reineke Fuchs* nicht nur einmal erfahrbar, dass in nicht voraussehbaren Zeitabständen Anmahnungen für Absetzungen auftauchten, deren Beweggrund nicht innerhalb des Hauses zu finden war, sondern außerhalb. Die Wünsche wurden von außen herangetragen. Es waren, auch damals sofort durchschaubar, Ruminationen von der kleinkackerigen Art. Also blieben diese Anstrengungen, am Ende der Scherereien, folgenlos hinter dem Holztürchen mit dem Schnitzherzchen sitzen. Ganz einfach deshalb, weil ich mir Mordanschläge auf die deutschen Klassiker nie gefallen ließ und, das ist das Entscheidende, die Intendanten das in Frage Gestellte am Ende im Spielplan behielten.

Ich will Ihnen sagen, weshalb ich auf die Vermutung des *Horch, was kommt von draußen her* komme. Nachgerechnet, wie viele Vorstellungen im Jahre 2005 von diesen zweien zur Rede stehenden Vorstellungen vom DT angesetzt wurden (die drei angesetzten Vorstellungen vom *Zauberlehrling* im gleichen Jahre erwähne ich nur, undanks der Tatsache, dass es sich dabei um die besten der deutschen Balladen handelt), so komme ich auf zwei Vorstellungen vom *Wintermärchen* und

zwei Vorstellungen vom *Reineke.* Das meint: vier Vorstellungen im Jahre 2005.
Abgesehen vom aufgebrachten wochen- und ja oft monateverschlingenden Fleiß, die Fülle dieser wunderbaren Texte, zuzüglich der ungewöhnlich langen zeitlichen Abstände zwischen den einzelnen Vorstellungen, wieder in der alte Birne zu befestigen, scheint mir, dass sich die Belastungen durch besagte Vorstellungen für die Monatsspielpläne des Deutschen Theaters bisher in Zurückhaltung übten. Also, so vermute ich folgerichtig, die drei Dichterabende keine Überbürdung für das DT darstellen können.
Sie bemerken, ich hänge an diesen Abenden, womit ich den *Zauberlehrling* natürlich einschließe. Und bitte, glauben Sie das Einem, der dem DT seit 1961 anhängt: Es wäre abwegig zu vermuten, er hinge allein für sich.
Ich hoffe, es macht auch Sinn für Sie, wenn wir beide noch einmal über den *casus* sprechen. Ich denke, dass es der Sache und auch gegenüber meiner Person, angemessen ist, wenn wir es tun. Sagen Sie mir einen Termin und ich lasse das Herbstlaub liegen, wiege damit die Miniermottenpuppen in dem irrtümlichen Glauben, ich ließe sie leben und komme nach Berlin gefahren.[27]

aus der Vorweihnachtszeit 2005

Lieber Herr Dr. Wilms,

ich gestehe, meine Briefschaften mit ihren Botschaften an Intendanten gerichtet, über die Jahrzehnte hinweg verfasst, blieben folgenlos wie Friedensappelle an die Rüstungsindustrie. So blieb auch meine letzte Botschaft an Sie im Gewohnten kleben. Natürlich verletzt das noch immer, ich bin ja noch nicht tot, doch hat mich die Folgelosigkeit nie entmutigt, denn, wenn auch scheinbar nutzlose Briefe, waren meine Briefe schöne Briefe und meine Tochter und mein Sohn und mein Enkel werden sie irgendwann lesen. Also hat die Nachwelt Nutzen.
Ihr Zuvorkommen in der Sache überlässt mir die einzig vorgeschlagene Möglichkeit anzunehmen: Denn im Heine-Jahr Heine abzusetzen wäre abgründig. Nichtsdestotrotz sehe ich, wenn das Heine-Jahr abgelaufen ist, Ihrer diesbezuglichen nächsten Botschaft mit Gelassenheit entgegen.

Nun zu einem Punkt, der nicht der Apotheken-Um schau entnommen und dennoch von der Gesundheit handelt.
Zwar verstehe ich nicht, was an meinen Vorstellungen für das Haus, wie Sie schreiben, *kompliziert* ist, ich bin mir nur komplizierter Brüche bewusst, doch leugne

ich nicht die Entlastung, die das Absetzen von *Reineke* und *Zauberlehrling* mir bringen.

Was meint das?

Kein am Theater angestellter Mensch ist dem Publikum so nahe wie der Schauspieler. Kein Intendant, kein Dramaturg und schon gar kein Regisseur. Letzteres eine unglückliche Gattung, da sie glaubt, aufs intensivste mit sich selbst beschäftigt zu sein. Einzig der Schauspieler atmet, fühlt, reagiert Abend für Abend auf direktestem Wege mit dem Publikum. Und wird so, über die Zeiten hinweg, zum Zeitgenossen dauernd kippelnder Systeme. Diesen Genossen kann ihm keiner nehmen, außer er sich selbst. Und der guterzogene Schauspieler versucht sich bühnenlebenslänglich in die Lage zu bringen, mit den Mitteln der Verführung das Publikum auf jene Wege zu locken, die zu des Dichters Sinnen führen. Also zur Welt. Was das Zeitgenössische nicht ausschließt, jedoch das Erhabene anstrebt. Das ist bei gebotener Leichtigkeit, die der Akteur für diese Bemühungen aufzubringen hat, Steinbrucharbeit. Die körperliche und seelische Reaktion auf diese Energieleistung sich natürlich erst nach getaner Arbeit zeigen darf. Doch dann haben die folgenden drei Tage und Nächte ihren Auftritt mit Erscheinungen, die man, um einen üblen Vergleich heranzuziehen, nur mit drei Tagen Saufkater der schlimmsten Art benennen kann. Es ist, als hätte der Gaukler sich, statt mit dem Spielen zu vergnügen, mit dem Saufen begnügt. Es ist Lebenszeit, die dem nur wenige Stunden auf der Bühne Stehenden wegbrennt.

Nun, da Sie mich davon entlasten, schenken Sie mir Leben.
Wo bleibt meine Dankbarkeit?

Natürlich hätte ich auf Ihre plötzliche Lebenshilfe verzichten und mich noch vor deren Eintreffen selbst entlasten können. Und da es nicht Sie waren, der mich vor die Gesundheitsfrage stellte, stelle ich sie selbst. Ich frage: Warum hörte ich nicht selber auf? Diese Frage lasse ich nicht ohne Antwort!

Ich werde für meine Auftritte am DT gut bezahlt. Andernorts oft sehr gut. Und obwohl ich in der glücklichen Lage bin, von der Erwerbstätigkeit nicht abhängig zu sein, lasse ich, jedes Mal verzweifelt hoffend, dass es die letzte wäre, bislang es nie die letzte Vorstellung sein. Warum tue ich das, wenn ich's nicht allein fürs Geld tue? Fürs Adrenalin? Ich hörte davon im Fernsehen sprechen, mir persönlich wäre das zu albern. Fürs Sich-zur-Schau-Stellen? Dafür bin ich zu scheu von Natur. Und hätte ich schon längst billigst haben können, wenn ich dem berufsbedingten Opportunismus mich hingegeben und das übliche Geschäftsleben bedient hätte.
Die Antwort, weshalb ich es tue, ist so edel, wie sie gut ist: Für die, für die er da ist, tut es der Schauspieler, er tut es für die Leute! Die diese Selbstlosigkeit, wissend, dass er dafür bezahlt wird, im Übrigen von ihm erwarten. Das weiß auch der verständige Theaterleiter. Das Publikum, jenes wehrlose Wesen, welches in der

Jetztzeit auf eine Weise verwöhnt wird, die offensichtlich nicht bei jedem als Verwöhnung ankommt.

Denn wieder einmal, wie schon immer mal wieder, sind die Menschen von Umständen umgeben, die durch geistige Belanglosigkeiten auf sich aufmerksam zu machen viel Aufwand betreiben. Zu früher TV-Abendstunde Ratespiele für die Masse, bis für die, die sich darüber schwebend dünken, in vergeblich versessener Zeit zu später Stunde ein Herr Schmidt[28] kommt. Es werden jene Ansprüche, die das Publikum, seinen Anlagen entsprechend, zum Besseren hat, dem Obskurantismus, der in allen Medien herrscht, ausgesetzt. Das deutete sich in der Deutschen Demokratischen Republik in ihrer Verfallsphase an, das offenbart sich nun in der Bundesrepublik Deutschland.

Die Menschen aber, die zu Heine, Goethe und Fontane kommen, wollen sich ihre erworbenen Ansprüche nicht nehmen lassen. Also kommen sie in meine Vorstellungen. Und die Zahl jugendlicher Besucher (bis zur Mitte der neunziger Jahre gerechnet, war ich mit 70% Anteil junger Besucher Spitzenplatz in Berlin) ist wieder im Ansteigen. Das erfreut.

Und dieses Erfreutsein ist durch Ihre getroffene Maßnahme, die ich in ihrer Ganzheit für falsch halte, in ihrer Reduziertheit für erholsam und gesundheitsförderlich, noch nicht gänzlich zur Vergangenheit geworden. Denn, nach 2005, dem 50. Jahr meiner Bühnenspielerei, werde ich nun 2006, dem 45. Jahr meines ununterbrochenen Spiels am DT noch mit

drei oder gar vier Wintermärchen *in der Saison,* wie Sie schrieben (oder doch nur einmal?), zu tun haben.
Und natürlich bringe ich nicht ohne spitze Koketterie in Erwähnung, wie lange ich schon auf den Brettern stehe, auf denen von altersher ein jeder tanzen darf. Doch ohne Koketterie sei es gesagt: Mein Bühnenleben ist meine Parteinahme für das Gute, Edle, Wahre und Schöne.
Nun haben Sie schriftlich den Beweis, dass ich zu den Dinosauriern gehöre.

Einst nur Diener am Theater,
Wurde ich ein Dino später.

Das Rätsel, wodurch die Dinosaurier verschwunden sind, scheint mir nunmehr auch gelöst: Es war die Klimawende.
Sie bemerken es, ich bleibe in jungen Erkenntnissen und altem Humor.

Kommen Sie gut übers Fest des vor- und weihnachtlichen Krawalls, und fürs neue Jahr wünsche ich Ihnen Gesundheit, das meint, dass die Tabletten helfen mögen.

Eberhard Esche
Träger des Eduard-von-Winterstein-Ringes
des Deutschen Theaters

Beste Angela – das war's.
Doch so schlecht sieht die Zukunft nicht aus. Denn:
Nach jedem Dezember folgt wieder ein Mai!
Also empören Sie sich nicht. Bleiben Sie gelassen!

Ihr Eberhard

Eberhard Esche
verstarb am 15. Mai 2006
in Berlin.

Anmerkungen

1 Luise von Göchhausen (1752–1807) war Hofdame der Herzogin Anna Amalia in Weimar.

2 Walter Beltz (1935–2006) war Religionswissenschaftler, Orientalist und Autor populärer, zugleich höchst fundierter Bücher wie »Gott und die Götter. Biblische Mythologie«, »Die Mythen des Koran« und »Die Mythen der Ägypter«.

3 Das Goethe-Gedicht ist eher als unter dem eigentlichen Titel durch seinen ersten Vers – »Amerika, du hast es besser« – bekannt.

4 Eugen Jochum (1902–1987), Dirigent. Das Zitat, auf das sich Esche bezieht, lautet: »Ich sehe meine Begabung als ein reines Geschenk von oben an. Sie darf nie Selbstzweck sein und durch egozentrische Eitelkeit verfälscht werden. Ich habe nur zu dienen und möglichst vollkommenes Medium zu sein für die Gedanken der großen Meister, die ihrerseits wieder Gedanken des höchsten Wesens aussprechen, soweit sie die Schönheit betreffen; denn ›Die Schönheit ist der Glanz des Wahren‹.«

5 Friedrich Wilhelm I. quartierte Peter I. und seinen Hofstaat bei einem Berlin-Besuch 1717 für zwei Tage im Schloss Monbijou ein.

6 Die englischen Dramatiker Francis Beaumont (1584–1616) und John Fletcher (1579–1625).

7 Benno Besson (1922–2006), gebürtiger Schweizer, der von 1949 bis 1978 als Regisseur am Berliner Ensemble, am Deutschen Theater und an der Volksbühne arbeitete und auch Regie in der legendären »Drachen«-Inszenierung mit Esche als Lanzelot führte.

8 Peter Hacks, geboren 1928, starb am 28. August 2003. Die Trauerfeier fand am 4. September 2003 im Französischen Dom am Gendarmenmarkt statt.

9 Emanuel Striese – Theaterdirektor aus der Komödie »Der Raub der Sabinerinnen« von Franz und Paul von Schönthan.

10 Daniel Küblböck gelangte als Teilnehmer einer RTL-Castingshow 2003, in der der Musiker und Musikproduzent Dieter Bohlen als Juror mitwirkte, zeitweise zu einer solchen Popularität, dass die Medien täglich berichteten.

11 Johannes B. Kerner moderierte von 1998 bis 2009 die Talkshow »Johannes B. Kerner«, bei der Eberhard Esche und Manfred Krug am 25. November 2003 zu Gast waren.

12 Manfred Krug veröffentlichte 2003 sein Erinnerungsbuch »Mein schönes Leben«.

13 Bezogen auf den Film »Spur der Steine«, der 1966 nach wenigen Aufführungen wegen »antisozialistischer Tendenzen« aus den Kinoprogrammen genommen und erst nach der Wende wiederaufgeführt wurde.

14 Festungsgraben – gemeint ist das »Theater im Palais«, Festungsgraben 1 in Berlin-Mitte.

15 »Der Hase im Rausch. Autobiographische Geschichten«, erschienen im Jahr 2000 im Eulenspiegel Verlag.

16 »Wer sich grün macht, den fressen die Ziegen«, erschienen 2005.

17 Horst Wenderoth (1926–2017), Journalist und Kolumnist.

18 Anlässlich der 225. Vorstellung von *Reineke Fuchs* erhielt Esche von seiner Briefpartnerin einen mit Bändern geschmückten Strauß, an denen 225 kleine »Füchse« – Kopien historischer Illustrationen – hingen.

19 2003 spaltete sich die europäische Staatengemeinschaft in Teilnehmer an der sogenannten »Koalition der Willigen«, die den Irakkrieg auch ohne UN-Mandat unterstützten, und Staaten, die diese Teilnahme ablehnten.

20 Günter Gaus war von 1974 bis 1981 Leiter der »Ständigen Vertretung der Bundesrepublik Deutschland bei der DDR«. Er prägte den Begriff von der ostdeutschen »Nischengesellschaft«, demzufolge sich die DDR-Bürger aus Ablehnung der Politik des Staates in ihren privaten Nischen einrichteten.

21 Bernd Wilms war von 2001 bis 2008 Intendant des Deutschen Theaters.

22 Thomas Flierl, Politiker der Linkspartei, war von 2002 bis 2006 Kultursenator in Berlin.

23 Zitat aus Reineke Fuchs, Fünfter Gesang.

24 Esche stellte seinem Buch das Thomas-Mann-Zitat »Der Antikommunismus ist die Grundtorheit unserer Epoche« voran.

25 Der damalige SPD-Chef Franz Müntefering sprach im Bundestag von »Heuschreckenschwärmen«, um Finanzinvestoren zu kritisieren.

26 Gemeint ist George W. Bush, von 2001 bis 2009 Präsident der Vereinigten Staaten.

27 Der Intendant antwortet in einem Schreiben, dass es »nicht respektlos« und »nicht geschichtsvergessen« sei, wenn man sich »ab und zu vom Liebgewordenen trennt«, und bietet an, »ein Esche-Programm drei- oder viermal pro Saison« zu zeigen. Das Theater sei für das *Wintermärchen,* aber Esche möge selbst entscheiden.

28 Gemeint ist Harald Schmidt, der über mehrere Jahre Spätabendshows im Fernsehen moderierte.

Eulenspiegel Verlag –
eine Marke der Eulenspiegel Verlagsgruppe Buchverlage

ISBN 978-3-359-01381-5

2. Auflage 2018

Umschlaggestaltung: Buchgut, Berlin unter Verwendung
eines Fotos von ullstein bild – Will
Frontispiz: © Frank Splanemann
Printed in EU

www.eulenspiegel.com